tempo aberto

oito décadas
em oito contos de
grandes autores
brasileiros

ALBERTO MUSSA   NÉLIDA PIÑON   FRANCISCO AZEVEDO
ANTÔNIO TORRES   CARLA MADEIRA   NEI LOPES
CLAUDIA LAGE   CRISTOVÃO TEZZA

tempo aberto

oito décadas
em oito contos de
grandes autores
brasileiros

1ª edição

EDITORA RECORD
RIO DE JANEIRO • SÃO PAULO
2022

CIP-BRASIL. CATALOGAÇÃO NA PUBLICAÇÃO
SINDICATO NACIONAL DOS EDITORES DE LIVROS, RJ

T28   Tempo aberto : oito décadas em oito contos de grandes autores brasileiros / Alberto Mussa ... [et al.]. - 1. ed. - Rio de Janeiro : Record, 2022.

ISBN 978-65-5587-558-4

1. Contos brasileiros. I. Mussa, Alberto. II. Título.

22-80121   CDD: 869.3
                                                      CDU: 82-34(81)

Gabriela Faray Ferreira Lopes - Bibliotecária - CRB-7/6643

Copyright © Alberto Mussa, Antônio Torres, Carla Madeira, Claudia Lage, Cristovão Tezza, Francisco Azevedo, Nei Lopes e Nélida Piñon, 2022

Projeto gráfico de miolo: Guilherme Peres
Design de capa: Leonardo Iaccarino

Todos os direitos reservados. Proibida a reprodução, armazenamento ou transmissão de partes deste livro, através de quaisquer meios, sem prévia autorização por escrito.

Texto revisado segundo o Acordo Ortográfico da Língua Portuguesa de 1990.

Direitos exclusivos desta edição reservados pela
EDITORA RECORD LTDA.
Rua Argentina, 171 – Rio de Janeiro, RJ – 20921-380 – Tel.: (21) 2585-2000.

Impresso no Brasil

ISBN 978-65-5587-558-4

Seja um leitor preferencial Record.
Cadastre-se em www.record.com.br
e receba informações sobre nossos
lançamentos e nossas promoções.

Atendimento e venda direta ao leitor:
sac@record.com.br

EDITORA AFILIADA

Sumário

Nota da editora — 7

1942-1952 | Alberto Mussa
Encruzilhada na ladeira do Timbau — 11

1952-1962 | Nélida Piñon
I love my husband — 23

1962-1972 | Francisco Azevedo
Em 1969, um concurso literário e uma viagem de contrastes — 41

1972-1982 | Antônio Torres
Atrás da cerca — 55

1982-1992 | Carla Madeira
Corte seco — 85

1992-2002 | Nei Lopes
Manchete de jornal — 101

2002-2012 | Claudia Lage
Um delírio por Moira — 127

2012-2022 | Cristovão Tezza
O herói da sombra — 149

Nota da editora

Além de uma reunião de oito excelentes contos, escritos por autores brasileiros de destaque e atuantes, que compõem um painel formado por mais de uma geração da nossa literatura, este livro é uma celebração dos 80 anos da Editora Record.

Fundada em 1942 por um jovem empreendedor de 20 anos, Alfredo Machado, ela se consolidou ao longo dessas oito décadas como um dos maiores grupos editoriais do Brasil, o Grupo Editorial Record, que abarca onze selos de importância histórica no mercado editorial e no panorama cultural nacionais, acreditando sempre na força da bibliodiversidade.

O título *Tempo aberto* remete à ideia de um processo contínuo e ainda em andamento, mas expressa também o nosso propósito, como editores, de contribuir para um Brasil melhor, levando a todos educação e informação de qualidade, abrindo caminho para a rica e múltipla produção cultural de nosso país.

1942-1952

Alberto Mussa

ENCRUZILHADA
NA LADEIRA DO TIMBAU

Conto sobrenatural inserido em O senhor do lado esquerdo. *Nesta versão a história volta ao seu contexto original, princípio dos anos 40, quando começou a ocupação do morro da Formiga. Não posso deixar de declarar que conheço muito, muito bem o lugar terrível onde se passa o caso.*

Não existe mais, na Formiga, a ladeira do Timbau. Antigamente, no começo, era sinistra, essa ladeira. Terminava nos confins do morro, numa encruzilhada sem saída, deserta, sombria, abandonada, assombrada pela memória triste de pessoas que iam lá para morrer. Era também, a encruzilhada, um lugar para despachos.

A história envolve principalmente duas personagens: o Tião Saci, encrenqueiro, quizumbeiro, alcoviteiro, morador no Querosene; e o Lacraia, jongueiro, batuqueiro, macumbeiro, nascido e criado na serra de Madureira, tendo mudado para a Formiga por conta de uma mulher, Deodata, a Deó, a Datinha, que ofereceu casa própria.

Chamar o Tião de Saci, no fundo, era maldade: Tião tinha as duas pernas, embora fosse manco e sungasse do pé esquerdo. Não era pessoa querida, não era pessoa estimada. Mas também não era mau. E, nas andanças que fazia pelos morros, conheceu a casa da Deó.

É mentira grossa dizer que Tião Saci foi na Datinha por causa dela: tinha escutado histórias sobre o jongueiro Lacraia; e entrou lá procurando o homem.

Quem conhece sabe que jongo é feitiço, é dança de fundamento. Um verso de jongo nunca diz o que diz: é sempre uma mensagem cifrada, que mesmo um bom jongueiro pode não compreender. Na roda de jongo, quando alguém amarra um ponto, este ponto (que é um verso) só deixa de ser cantado se um outro o desamarra — ou seja, se o interpreta. E é por isso que se chama, propriamente, "ponto", na acepção em que é sinônimo de "nó".

Lacraia, que já havia nascido mole de corpo, desamarrava um ponto atrás do outro, na serra de Madureira. Conhecia os subterrâneos dos vocábulos, enxergava o que existia por trás deles. Era um talento de nascença, uma herança recebida dos espíritos antigos.

Os leigos se impressionam muito com objetos esotéricos, fetiches, ritos e símbolos místicos, imagens demoníacas, animais sacrificados. Ignoram que a verdadeira magia é a fala, a linguagem humana.

Por isso, tendo sido o jongueiro que foi, tendo dominado o segredo da palavra, Lacraia também se tornou uma porteira. Fiz toda essa volta para dizer uma coisa simples: na casa da Deó, nos fundos, no quintal, construíram um barraco, onde Lacraia incorporava uma entidade tenebrosa e de quem nunca revelara o nome.

Não sabemos, portanto, quem descia exatamente naquele barraco do fundo do quintal. Mas certamente seria menos de abrir que de trancar caminhos.

E Tião Saci foi muitas vezes lá, na Datinha, consultar o desencarnado que baixava no Lacraia. Embora continuasse manco, sungando do pé esquerdo, resolveu muitos perrengues, o Tião Saci. Só que tudo tem seu preço.

E houve um dia, uma noite, em que estavam os três, no barraco dos fundos. Dou os detalhes: estavam Tião Saci, Deodata e o desencarnado — porque o Lacraia, propriamente dito, tinha a alma suspensa, totalmente inconsciente do que se passava. A Datinha era cambona; e municiava o espírito com o que fosse necessário. Tião Saci, arreganhado no chão, ouvia:

— Toma cuidado com o meu cavalo.

O tom sepulcral da advertência, vinda de entidade tão terrífica, apavorou os dois safados.

— Meu cavalo já manjou vocês.

Era, portanto, verdade, o que andavam cuspindo pela Formiga: Tião Saci se enrabichou pela Datinha — no que foi correspondido. O que espantava, o que repugnava não era só o fato de o Tião mancar (tendo Lacraia aquele jeito tão maneiro de gingar o corpo); era a traição portas adentro, na casa, no quintal de um benfeitor.

Tião Saci, no entanto, tinha a consciência limpa: não devia nada ao Lacraia, mas ao desencarnado. E foi a própria entidade quem o preveniu:

— Ele vai querer te armar uma cilada. Lá em cima, na encruzilhada da ladeira do Timbau.

E disse o dia, disse a hora, disse como — já que o porquê era sabido. Mas a menção à ladeira deixou Deó em pânico. Era um lugar muito macabro; e ela pressentiu certa desgraça. Olhava para o desencarnado, mas via o rosto do Lacraia, congestionado, contorcido, irreconhecível. Há muito tempo era cambona; mas nunca ouvira dizer de nada assim. E, num certo sentido, a maneira como o desencarnado tratava o próprio cavalo — advertindo um inimigo que, reconhecia ela, tinha legítimo direito de matar — dava a ela absolvição da culpa. Deodata acabara preferindo o passo troncho do Saci, contra o molejo do jongueiro.

O conhecimento representa, sempre, uma vantagem: Datinha sabia que Lacraia não sabia que ela já soubesse. E percebeu como ele ficava cada vez mais impaciente, em relação a ela; e sonso, com o Tião Saci. Pouco tempo depois, Deó pegou um fio de conversa entre os dois homens. E foi sondar, no dia seguinte, com o amante.

— Pediu pra ir com ele na ladeira do Timbau.

O auxílio se justificava: Lacraia ia dar um bode na encruzilhada; e precisava de alguém para segurar o bicho. Tião Saci era manco, mas tinha força nos braços. O problema era a data e a hora — que coincidiam com a denúncia do desencarnado. Aliás, o espírito falara em ferro: o mesmo que sangraria o bode estaria destinado a ele, Tião Saci.

Datinha disse para o manco se esquivar, fingir um outro compromisso. Mas o homem tinha brios; e planejou uma segunda traição.

No dia aprazado, Tião Saci, com um revólver de empréstimo (que não era fácil de se conseguir, naquela época), bateu palmas na porta da Deó. Lacraia apareceu — mas disse que Datinha estava passando mal, que iria se atrasar. Foi a deixa: Tião Saci, intuindo que a mulher fingia, para facilitar a emboscada, se prontificou a ir adiantando as coisas, carregando o alguidar, o facão, as velas, a cachaça. Só não aguentaria arrastar o bode até aqueles cumes, por conta do miserável defeito.

Lacraia concordou. E o outro subiu. A encruzilhada do Timbau era terrível, porque — já mencionei — dava para becos sem saída. E, àquela hora, o silêncio era tão grande, a escuridão era tão absoluta, que Tião Saci teve medo de errar o tiro.

Assim, precavido, decidiu jogar o facão no mato, para evitar qualquer destreza inesperada do Lacraia. Entrou, então, por um dos becos, tateando, até o fim; e lançou, o mais longe que pôde, por cima da pedreira, o ferro que executaria o bode e, depois, provavelmente, ele mesmo, Tião Saci.

Quando voltou, era a hora e o lugar.

— Põe o dinheiro no chão; e desce, sem virar a cara.

Tião Saci não distinguiu o vulto, mas deduziu de onde vinha a voz — que não era, com certeza, a do Lacraia. Como não sabia quem fosse, como não soubesse do que se tratava, fez um movimento sutil, com a mão direita, no sentido da cintura, onde estava a arma.

O desconhecido, porém, atirou primeiro.

Mais tarde, a própria Datinha, a própria Deó — mesmo tendo conseguido reter o marido em casa, grande parte da noite — espalhou que tinha sido um crime, urdido pelo espírito pérfido do ardiloso Lacraia.

Na Formiga, contudo, corria o ditado de que Deus é o Diabo de costas. Logo, não acreditaram nela. Eram pessoas já habituadas ao trato com desencarnados. Sabiam que coisas estranhas acontecem — principalmente num lugar ruim daqueles, numa encruzilhada, numa ladeira como a do Timbau.

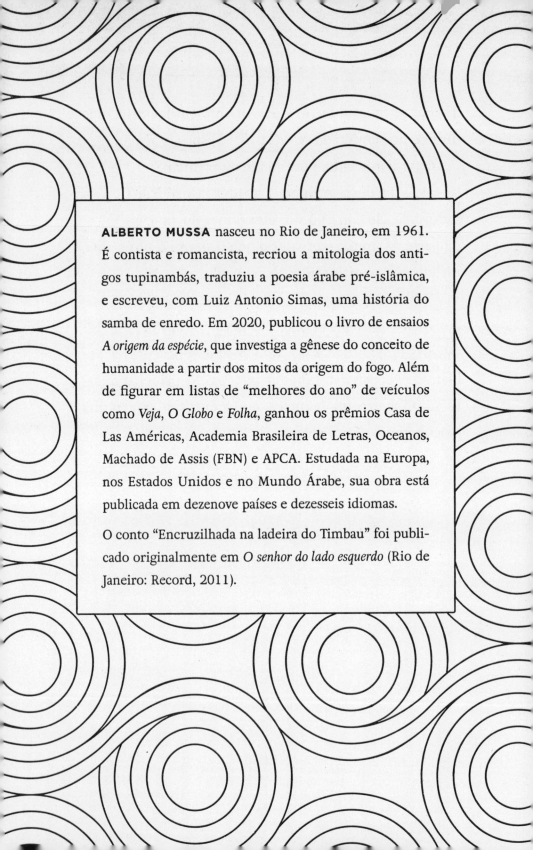

ALBERTO MUSSA nasceu no Rio de Janeiro, em 1961. É contista e romancista, recriou a mitologia dos antigos tupinambás, traduziu a poesia árabe pré-islâmica, e escreveu, com Luiz Antonio Simas, uma história do samba de enredo. Em 2020, publicou o livro de ensaios *A origem da espécie*, que investiga a gênese do conceito de humanidade a partir dos mitos da origem do fogo. Além de figurar em listas de "melhores do ano" de veículos como *Veja*, *O Globo* e *Folha*, ganhou os prêmios Casa de Las Américas, Academia Brasileira de Letras, Oceanos, Machado de Assis (FBN) e APCA. Estudada na Europa, nos Estados Unidos e no Mundo Árabe, sua obra está publicada em dezenove países e dezesseis idiomas.

O conto "Encruzilhada na ladeira do Timbau" foi publicado originalmente em *O senhor do lado esquerdo* (Rio de Janeiro: Record, 2011).

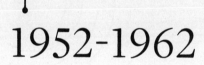

1952-1962

Nélida Piñon

I LOVE MY HUSBAND

Eu amo meu marido. De manhã à noite. Mal acordo, ofereço-lhe café. Ele suspira exausto da noite sempre maldormida e começa a barbear-se. Bato-lhe à porta três vezes, antes que o café esfrie. Ele grunhe com raiva e eu vocifero com aflição. Não quero meu esforço confundido com um líquido frio que ele tragará como me traga duas vezes por semana, especialmente no sábado.

Depois, arrumo-lhe o nó da gravata e ele protesta por consertar-lhe unicamente a parte menor de sua vida. Rio para que ele saia mais tranquilo, capaz de enfrentar a vida lá fora e trazer de volta para a sala de visitas um pão sempre quentinho e farto.

Ele diz que sou exigente, fico em casa lavando a louça, fazendo compras, e por cima reclamo da vida, enquanto ele constrói o seu mundo com pequenos tijolos. E ainda que alguns destes muros venham ao chão, os amigos o cumprimentam pelo esforço de criar olarias de barro, todas sólidas e visíveis.

A mim também me saúdam por alimentar um homem que sonha com casas grandes, senzalas e mocambos, e assim faz o país progredir. E é por isto que sou a sombra do homem que todos dizem eu amar. Deixo que o sol entre pela casa, para dourar os objetos comprados com o esforço comum. Embora ele não me cumprimente pelos objetos fluorescentes. Ao contrário, através da certeza do meu amor, proclama que não faço outra coisa senão consumir o dinheiro que ele arrecada no verão. Eu peço então que compreenda minha nostalgia por uma terra antigamente trabalhada pela mulher, ele franze o rosto como se eu lhe estivesse propondo uma teoria que envergonha a família e a escritura definitiva do nosso apartamento.

O que mais quer, mulher, não lhe basta termos casado em comunhão de bens? E dizendo que eu era parte do seu futuro, que só ele porém tinha o direito de construir, percebi que a generosidade do homem habilitava-me a ser apenas dona de um passado com regras ditadas no convívio comum.

Comecei a ambicionar que maravilha não seria viver apenas no passado, antes que este tempo pretérito nos tenha sido ditado pelo homem que dizemos amar. Ele aplaudiu o meu projeto. Dentro de casa, no forno que era o lar, seria fácil alimentar o passado com ervas e mingau de aveia, para que ele, tranquilo, gerisse o futuro. Decididamente, não podia ele preocupar-se com a matriz do meu ventre, que devia pertencer-lhe de modo a não precisar cheirar o meu sexo para descobrir quem mais, além dele, ali estivera, batera-lhe à porta, arranhara suas paredes com inscrições e datas.

Filho meu tem que ser só meu, confessou aos amigos no sábado do mês que recebíamos. E mulher tem que ser só minha e nem mesmo dela. A ideia de que eu não podia pertencer-me, tocar no meu sexo para expurgar-lhe os excessos, provocou-me o primeiro sobressalto na fantasia do passado em que até então estivera imersa. Então o homem, além de me haver naufragado no passado, quando se sentia livre para viver a vida a que ele apenas tinha acesso, precisava também atar minhas mãos, para minhas mãos não sentirem a doçura da própria pele, pois talvez esta doçura me ditasse em voz baixa que havia outras peles igualmente doces e privadas, cobertas de pelo felpudo, e com a ajuda da língua podia lamber-se o seu sal?

Olhei meus dedos revoltada com as unhas longas pintadas de roxo. Unhas de tigre que reforçavam a minha identidade, grunhiam quanto à verdade do meu sexo. Alisei meu corpo, e pensei, acaso sou mulher unicamente pelas garras longas e por revesti-las de ouro, prata, do ímpeto do sangue de um animal abatido no bosque? Ou porque o homem adorna-me de modo que quando tire estas tintas de guerreira do rosto surpreende-se com uma face que lhe é estranha, que ele cobriu de mistério para não me ter inteira?

De repente, o espelho pareceu-me o símbolo de uma derrota que o homem trazia para casa e tornava-me bonita. Não é verdade que te amo, marido? perguntei-lhe enquanto lia os jornais, para instruir-se, e eu varria as letras de imprensa cuspidas no chão logo após ele assimilar a notícia. Pediu, deixe-me progredir, mulher. Como quer que eu fale de amor quando se discutem as alternativas econômicas de um país em que os homens para sustentarem as mulheres precisam desdobrar um trabalho de escravo.

Eu lhe disse então, se não quer discutir o amor, que afinal bem pode estar longe daqui, ou atrás dos móveis para onde às vezes escondo a poeira depois de varrer a casa, que tal se após tantos anos eu mencionasse o futuro como se fosse uma sobremesa?

Ele deixou o jornal de lado, insistiu que eu repetisse. Falei na palavra futuro com cautela, não queria feri-lo, mas já não mais desistia de uma aventura africana recém-iniciada naquele momento. Seguida por um cortejo untado de suor e ansiedade, eu abatia os javalis, mergulhava meus caninos nas suas jugulares aquecidas, enquanto Clark Gable, atraído pelo meu cheiro e do animal em convulsão, ia pedindo de joelhos o meu amor. Sôfrega pelo esforço, eu sorvia água do rio, quem sabe em busca da febre que estava em minhas entranhas e eu não sabia como despertar. A pele ardente, o delírio, e as palavras que manchavam os meus lábios pela primeira vez, eu ruborizada de prazer e pudor, enquanto o pajé salvava-me a vida com seu ritual e seus pelos fartos no peito. Com a saúde nos dedos, da minha boca parecia sair o sopro da vida e eu deixava então o Clark Gable amarrado numa árvore, lentamente comido pelas formigas. Imitando a Nayoka, eu descia o rio que quase me assaltara as forças, evitando as quedas-d'água, aos gritos proclamando liberdade, a mais antiga e miríade das heranças.

O marido com a palavra futuro a boiar-lhe nos olhos e o jornal caído no chão, pedia-me, o que significa este repúdio a um ninho de amor, segurança, tranquilidade, enfim a nossa maravilhosa paz conjugal? E acha você, marido, que a paz conjugal se deixa amarrar com os fios tecidos pelo anzol, só porque mencionei esta palavra que te entristece, tanto que você começa a chorar discreto, porque o teu orgulho não lhe permite o pranto convulso, este sim, reservado à minha condição de mulher? Ah, marido, se tal palavra tem a descarga de te cegar, sacrifico-me outra vez para não vê-lo sofrer. Será que apagando o futuro agora ainda há tempo de salvar-te?

Suas crateras brilhantes sorveram depressa as lágrimas, tragou a fumaça do cigarro com volúpia e retomou a leitura. Dificilmente se encontraria homem como ele no nosso edifício de dezoito andares e três portarias. Nas reuniões de condomínio, a que estive presente, era ele o único a superar os obstáculos e perdoar aos que o haviam magoado. Recriminei meu egoísmo, ter assim perturbado a noite de quem merecia recuperar-se para a jornada seguinte.

Para esconder minha vergonha, trouxe-lhe café fresco e bolo de chocolate. Ele aceitou que eu me redimisse. Falou-me das despesas mensais. Do balanço da firma ligeiramente descompensado, havia que cuidar dos gastos. Se contasse com a minha colaboração, dispensaria o sócio em menos de um ano. Senti-me feliz em participar de um ato que nos faria progredir em doze meses. Sem o meu empenho, jamais ele teria sonhado tão alto. Encarregava-me eu à distância da sua capacidade de sonhar. Cada sonho do meu marido era mantido por mim. E, por tal direito, eu pagava à vida com cheque que não se poderia contabilizar.

Ele não precisava agradecer. De tal modo atingira a perfeição dos sentimentos, que lhe bastava continuar em minha companhia para querer significar que me amava, eu era o mais delicado fruto da terra, uma árvore no centro do terreno de nossa sala, ele subia na árvore, ganhava-lhe os frutos, acariciava a casca, podando seus excessos.

Durante uma semana bati-lhe à porta do banheiro com apenas um toque matutino. Disposta a fazer-lhe novo café, se o primeiro esfriasse, se esquecido ficasse a olhar-se no espelho com a mesma vaidade que me foi instilada desde a infância, logo que se confirmou no nascimento tratar-se de mais uma mulher. Ser mulher é perder-se no tempo, foi a regra de minha mãe.

Queria dizer, quem mais vence o tempo que a condição feminina? O pai a aplaudia completando, o tempo não é o envelhecimento da mulher, mas sim o seu mistério jamais revelado ao mundo.

Já viu, filha, que coisa mais bonita, uma vida nunca revelada, que ninguém colheu senão o marido, o pai dos seus filhos? Os ensinamentos paternos sempre foram graves, ele dava brilho de prata à palavra envelhecimento. Vinha-me a certeza de que ao não se cumprir a história da mulher, não lhe sendo permitida a sua própria biografia, era-lhe assegurada em troca a juventude.

Só envelhece quem vive, disse o pai no dia do meu casamento. E porque viverás a vida do teu marido, nós te garantimos, através deste ato, que serás jovem para sempre. Eu não sabia como contornar o júbilo que me envolvia com o peso de um escudo, e ir ao seu coração, surpreender-lhe a limpidez. Ou agradecer-lhe um estado que eu não ambicionara antes, por distração talvez. E todo este troféu logo na noite em que ia converter-me em mulher. Pois até então sussurravam-me que eu era uma bela expectativa. Diferente do irmão que já na pia batismal cravaram-lhe o glorioso estigma de homem, antes de ter dormido com mulher.

Sempre me disseram que a alma da mulher surgia unicamente no leito, ungido seu sexo pelo homem. Antes dele a mãe insinuou que o nosso sexo mais parecia uma ostra nutrida de água salgada, e por isso vago e escorregadio, longe da realidade cativa da terra. A mãe gostava de poesia, suas imagens sempre frescas e quentes.

Meu coração ardia na noite do casamento. Eu ansiava pelo corpo novo que me haviam prometido, abandonar a casca que me revestira no cotidiano acomodado. As mãos do marido me modelariam até os meus últimos dias e como agradecer-lhe tal generosidade? Por isso talvez sejamos tão felizes como podem ser duas criaturas em que uma delas é a única a transportar para o lar alimento, esperança, a fé, a história de uma família.

Ele é o único a trazer-me a vida, ainda que às vezes eu a viva com uma semana de atraso. O que não faz diferença. Levo até vantagens, porque ele sempre a trouxe traduzida. Não preciso interpretar os fatos, incorrer em erros, apelar para as palavras inquietantes que terminam por amordaçar a liberdade. As palavras do homem são aquelas de que deverei precisar ao longo da vida. Não tenho que assimilar um vocabulário incompatível com o meu destino, capaz de arruinar meu casamento.

Assim fui aprendendo que a minha consciência, que está a serviço da minha felicidade, ao mesmo tempo está a serviço do meu marido. É seu encargo podar meus excessos, a natureza dotou-me com o desejo de naufragar às vezes, ir ao fundo do mar em busca das esponjas. E para que me serviriam elas senão para absorver meus sonhos, multiplicá-los no silêncio borbulhante dos seus labirintos cheios de água do mar? Quero um sonho que se alcance com a luva forte e que se transforme algumas vezes numa torta de chocolate, para ele comer com os olhos brilhantes, e sorriremos juntos.

Ah, quando me sinto guerreira, prestes a tomar das armas e ganhar um rosto que não é o meu, mergulho numa exaltação dourada, caminho pelas ruas sem endereço, como se a partir de mim, e através do meu esforço, eu devesse conquistar outra pátria, nova língua, um corpo que sugasse a vida sem medo e pudor. E tudo me treme dentro, olho os que passam com um apetite de que não me envergonharei mais tarde. Felizmente, é uma sensação fugaz, logo busco o socorro das calçadas familiares, nelas a minha vida está estampada. As vitrines, os objetos, os seres amigos, tudo enfim orgulho da minha casa.

Estes meus atos de pássaro são bem indignos, feririam a honra do meu marido. Contrita, peço-lhe desculpas em pensamento, prometo-lhe esquivar-me de tais tentações. Ele parece perdoar-me à distância, aplaude minha submissão ao cotidiano feliz, que nos obriga a prosperar a cada ano. Confesso que esta ânsia me envergonha, não sei como abrandá-la. Não a menciono senão para mim mesma. Nem os votos conjugais impedem que em escassos minutos eu naufrague no sonho. Estes votos que ruborizam o corpo mas não marcaram minha vida de modo que eu possa indicar as rugas que me vieram através do seu arrebato.

Nunca mencionei ao marido estes galopes perigosos e breves. Ele não suportaria o peso dessa confissão. Ou que lhe dissesse que nestas tardes penso em trabalhar fora, pagar as miudezas com meu próprio dinheiro. Claro que estes desatinos me colhem justamente pelo tempo que me sobra. Sou uma princesa da casa, ele me disse algumas vezes e com razão. Nada pois deve afastar-me da felicidade em que estou para sempre mergulhada.

Não posso reclamar. Todos os dias o marido contraria a versão do espelho. Olho-me ali e ele exige que eu me enxergue errado. Não sou em verdade as sombras, as rugas com que me vejo. Como o pai, também ele responde pela minha eterna juventude. É gentil de sentimentos. Jamais comemorou ruidosamente meu aniversário, para eu esquecer de contabilizar os anos. Ele pensa que não percebo. Mas a verdade é que no fim do dia já não sei quantos anos tenho.

E também evita falar do meu corpo, que se alargou com os anos, já não visto os modelos de antes. Tenho os vestidos guardados no armário, para serem discretamente apreciados. Às sete da noite, todos os dias, ele abre a porta sabendo que do outro lado estou à sua espera. E quando a televisão exibe uns corpos em floração, mergulha a cara no jornal, no mundo só nós existimos.

Sou grata pelo esforço que faz em amar-me. Empenho-me em agradá-lo, ainda que sem vontade às vezes, ou me perturbe algum rosto estranho, que não é o dele, de um desconhecido sim, cuja imagem nunca mais quero rever. Sinto então a boca seca, seca por um cotidiano que confirma o gosto do pão comido às vésperas, e que me alimentará amanhã também. Um pão que ele e eu comemos há tantos anos sem reclamar, ungidos pelo amor, atados pela cerimônia de um casamento que nos declarou marido e mulher. Ah, sim, eu amo o meu marido.

NÉLIDA PIÑON é carioca e estreou em 1961 com o romance *Guia-mapa de Gabriel Arcanjo*. Ao longo da carreira, colaborou em publicações nacionais e estrangeiras, proferiu conferências em diversos países e foi traduzida para diversas línguas. É catedrática da Universidade de Miami desde 1990, tendo sido escritora-visitante das universidades de Harvard, Columbia, Johns Hopkins e Georgetown. Vencedora dos mais prestigiosos prêmios de literatura no Brasil, ganhou no exterior os prêmios Juan Rulfo, do México; Jorge Isaacs, da Colômbia; Gabriela Mistral, do Chile; Rosalía de Castro, e Menéndez Pelayo, da Espanha. Em 2005, pelo conjunto de sua obra, recebeu o importante Príncipe de Astúrias. É doutora *honoris causa* das universidades Poitiers, Santiago de Compostela, Rutgers, Florida Atlantic, Montreal e UNAM. Em 1990, foi empossada como imortal pela Academia Brasileira de Letras e, em 1996, por ocasião do centenário da Academia, tornou-se a primeira mulher a presidi-la. Em 2012, foi nomeada Embaixadora Ibero-Americana da Cultura.

O conto "I love my husband" foi publicado em *O calor das coisas* (Rio de Janeiro: Record, 1998).

1962-1972

Francisco Azevedo

EM 1969, UM CONCURSO LITERÁRIO E UMA VIAGEM DE CONTRASTES

O texto escrito à mão, com as várias emendas e correções, está pronto para ser datilografado. O jovem Frájava leva fé na velha máquina de escrever — uma prestimosa e obstinada Underwood. Posiciona três folhas tamanho ofício, separadas por duas de carbono, gira o rolo, destrava, alinha o papel, torna a travar. Confiante em seu pseudônimo proparoxítono, toma fôlego e começa a teclar: *Ser jovem no mundo de hoje.* Como ainda não existe xerox e o texto deve ser apresentado em seis cópias, Frájava é obrigado a bater todo o trabalho duas vezes. Último dia de inscrição, o prazo se encerra às 17 horas. Apesar da ansiedade e do nervosismo, o aprendiz de escritor consegue concluir a tarefa, chegar à sede do *Jornal dos Sports*, entregar o envelope pardo com o pseudônimo e receber o protocolo numerado — por sua descrença na premiação, quase um bilhete de loteria.

Mesmo parecendo ambicioso e utópico, Frájava escreve que seu objetivo é viajar mundo afora, compreender o modo de viver e de sentir de cada cultura, estudar os vários povos e países, descobrir o que os afasta e o que os une. Portanto, aprender a lidar com as diferenças e os contrastes dentro de si mesmo. Seu sonho maior? A convivência pacífica entre os contrários — a começar pelos dele. Porque, se o adolescente de formação religiosa o conduz para um lado, o outro de ideias libertárias o leva na direção oposta. Sim, estamos em 1969! Como ficar imune à mobilização promovida pela contracultura e seus subversivos padrões de comportamento? Como conciliá-los com os padrões que lhe foram transmitidos? Mesmo no catolicismo, quem o inspira é Teilhard de Chardin, Hélder Câmara, Tristão de Ataíde — que lhe ensinam a importância do diálogo, do respeito aos diversos modos de pensar, mas também lhe atiçam os questionamentos e as revoltas.

Trêmulo, folheando com mil dedos as páginas do jornal, Frájava custa a acreditar ao ver seu nome na relação dos dez finalistas e, semanas depois, terminados os novos exames de seleção, ser anunciado como vencedor do concurso. A euforia inicial logo se transforma em orgulho. A partir de agora, o que o entusiasma é saber que irá se aventurar sozinho em terra estrangeira.

E o melhor: por esforço seu, por um texto de sua autoria — arrogância juvenil. Aos 18 anos, com o que mais poderia sonhar? A liberdade posta em prática, é claro. E a oportunidade é única: os meios de comunicação ainda são bastante precários. Ligações telefônicas internacionais? Nem pensar. Caríssimas, conexão péssima e levam o dia inteiro para que se completem com o auxílio da telefonista. Só se comunica com a família por meio de cartas que, com sorte, demoram uma semana para chegar. As respostas, portanto, levam quinze dias! A distância de casa e o isolamento lhe proporcionarão a tal inédita liberdade.

Em 1969, Brasil e Estados Unidos vivem em mundos diferentes. Aqui, o momento mais extremo da ditadura militar — anos de chumbo, de censura e repressão. Lá, os contrastes são outros: Norte e Sul mal se falam, não se toleram. Mas por todo o país, a automatização impressiona o visitante estrangeiro. Ao chegar em Miami, seu ponto de partida, Frájava sente-se espantado com o que vê: restaurantes *self-service*, portas de vidro que se abrem e fecham sozinhas, máquinas que cospem refrigerantes, maços de cigarro, jornais, revistas, chicletes, selos para cartas e o mais que sua mente possa imaginar. Luxuosas limusines e carros extravagantes deslizam altivos por autoestradas com até oito pistas. De tantas em tantas milhas, os motoristas passam por pedágios robotizados que, em troca de algumas moedas, liberam a passagem com um sinal verde que diz *Thank you!* — um outro planeta.

Pela Greyhound, linha de ônibus interestadual, atravessa o estado da Flórida e segue pelos estados da Georgia, Alabama e Louisiana, até chegar ao alto Mississippi, onde a maioria das casas exibe ostensivamente a bandeira dos estados confederados. Causando estranheza, a *Stars and Stripes* não é vista em lugar algum. Outras cenas lhe impressionam nessa fase da viagem, e o deslumbrado jovem latino-americano descobre o lado sombrio da civilização do consumo e do progresso tecnológico: pela lei de direitos civis de 1964, a discriminação racial passou a ser crime, mas em algumas rodoviárias onde o ônibus reabastece, ainda há banheiros e bebedouros para *white people* e *coloured people*. Por sua pele morena, Frájava opta por usar os de "pessoas de cor". Sente vergonha, não por ele, mas pelos próprios norte-americanos. Impossível não lembrar que, um ano antes, Martin Luther King Jr. havia sido assassinado por ali e, dois meses depois, Robert Kennedy não teve melhor sorte. O fato é que, em 1969, negros e brancos continuam a viver em clima de permanente tensão e animosidade. Tristeza, decepção, desencanto. O sonho do pastor, que via "netos de escravos e netos de donos de escravos vivendo juntos e em paz" tem de ser adiado. Pelo menos, nas terras do Sul.

Delas, Frájava também guarda boas lembranças: as noites alegres nos clubes de jazz do *French Quarter*, em Nova Orleans, as paisagens deslumbrantes do rio Mississippi e as extensas plantações de algodão em Leflore County — que o transportam para os clássicos de Mark Twain. De lá, segue rumo ao Norte até Washington D.C. — a capital do "império". E é essa exatamente a impressão que a cidade lhe passa: uma nova Roma, ostentando monumentos gigantescos para seus "imperadores" e construções que inibem pelas dimensões e imponência. Nesse cenário, Frájava passa a data marcante de 20 de julho: imagens transmitidas ao vivo por satélite registram o momento em que Neil Armstrong se torna o primeiro homem a pisar na lua. Na tela da televisão em cores, tudo parece ficção científica. E o estar longe da família e de seu país lhe dá a sensação de que também viaja em outra era e espaço. Chega a acreditar na capacidade da humanidade de transcender fronteiras, de se reinventar e se aprimorar — ilusões de um escriba adolescente.

Por fim, o momento mais esperado: a chegada a Nova York — uma Babel onde, contraditoriamente, todos parecem se entender. O mais forte dos contrastes! Verão, ainda por cima! Cores vivas! Manhattan é um formigueiro onde convive todo tipo de gente. O magnata que sai do Rockefeller Center pode muito bem esbarrar com o frequentador de uma das lojas de produtos eróticos e revistas pornográficas, ou de clubes de *peep show* de baixíssima qualidade, que ficam ali perto, na rua 42. Na Quinta Avenida, a madame com sacolas de grife salta da limusine quilométrica e entra no hotel cinco estrelas sem reparar nos dois *junkies* floridos que passam por ela. O casal de turistas, que passeia de charrete pelo Central Park, não ouve os pregões dos traficantes em plena luz do dia: *Get some smoke? Get some cocaine?* Nos fins de semana, o parque vira um imenso palco onde se reúnem as mais variadas tribos: pintores, grupos musicais, artistas performáticos. Verdadeira festa. Negros, cheios de si, ostentam suas batas estampadas e cabeleiras *black power*.

Um porto-riquenho, camisa desabotoada e tatuagem à mostra, carrega um rádio descomunal com o volume no máximo. Mais afastado, o velho de óculos, alheio ao que se passa, lê o *New York Times*. Em Greenwich Village, a história é outra: berço da geração *beat*, o bairro torna-se conhecido pelas mobilizações contra a guerra do Vietnã e a favor da liberação sexual, que acontecem principalmente na histórica Washington Square. É lá que Frájava passa a maior parte do tempo, fazendo amizades e perambulando por vários cafés e bares no East e West Village, entre eles, o icônico Stonewall Inn, onde, há menos de dois meses e pela primeira vez, a comunidade gay se juntou para resistir aos maus-tratos da polícia. Os vários dias de confrontos violentos ficam conhecidos como a rebelião de Stonewall.

E as surpresas não param. Agosto de 1969, o auge da contracultura. Em Bethel, a poucos quilômetros da Big Apple, o festival de Woodstock torna-se o maior e mais importante evento na história da música popular. Por três dias, todos cantam a paz e a liberdade ao som de Janis Joplin, Jimi Hendrix, Joan Baez, Ravi Shankar e outros grandes nomes. Se no Sul, Frájava ouvia *country music* à exaustão, aqui o que o atrai é o *hard rock*, o *blues rock* e o *folk rock* de protesto. Como os videoclipes nem sonham em existir, é a imaginação fértil do jovem que cria as imagens das canções e o faz viajar com o que ouve.

Em setembro, é fim de festa. Meio que de ressaca pelo tanto que viveu fora, Frájava volta ao Brasil carregando todo esse povo em compactos simples e LPs. Volta ao Brasil com excesso de bagagem — não em bens de consumo, mas em inexperiências transformadas em crescimento pelos aprendizados com outra cultura, outra gente, outra fala. Volta ao Brasil, marcado por esse revolucionário ano de 69 — número que lembra dois corpos virados um para o outro em posição ousada de amor. Ou dois modos contrários de pensar que dialogam. Ou os símbolos *yin* e *yang* que, eternamente, se completam em seus contrastes.

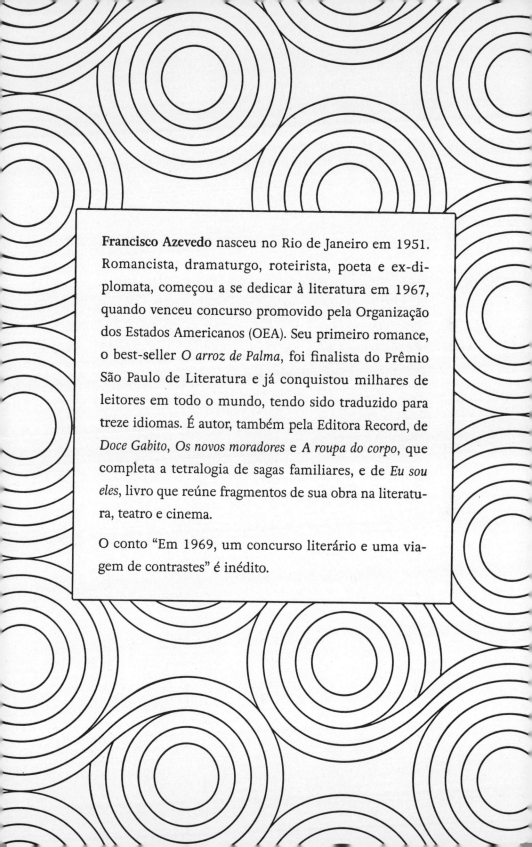

Francisco Azevedo nasceu no Rio de Janeiro em 1951. Romancista, dramaturgo, roteirista, poeta e ex-diplomata, começou a se dedicar à literatura em 1967, quando venceu concurso promovido pela Organização dos Estados Americanos (OEA). Seu primeiro romance, o best-seller *O arroz de Palma*, foi finalista do Prêmio São Paulo de Literatura e já conquistou milhares de leitores em todo o mundo, tendo sido traduzido para treze idiomas. É autor, também pela Editora Record, de *Doce Gabito*, *Os novos moradores* e *A roupa do corpo*, que completa a tetralogia de sagas familiares, e de *Eu sou eles*, livro que reúne fragmentos de sua obra na literatura, teatro e cinema.

O conto "Em 1969, um concurso literário e uma viagem de contrastes" é inédito.

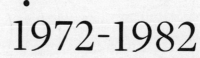

1972-1982

Antônio Torres

ATRÁS DA CERCA

(Um conto do tempo dos militares, sobre uma marcha dura, vazia e inútil em busca de coisa alguma.)

Não adianta dizer que não existe guerra alguma por aqui. Ninguém acredita. Pelo menos estes homens que me cercam, a pleno sol. Eles vieram de longe à procura dessa guerra que dizem existir nas nossas barbas — se não a vemos é porque estamos cegos ou sonolentos demais para enxergar o que quer que seja. Insisto no meu ponto, juro pela alma da minha mãe: tudo não passa de um engano. Confusão de notícias atrapalhadas que chegaram aos ouvidos da capital? Eles vieram de lá, não vieram?

Digo que estou de férias, estou de passagem. E não posso seguir os rastos de uma guerra de que não sei. Não posso contar o que não ouvi, não posso falar do que não vi. Portanto, espero poder continuar comendo as minhas goiabinhas sossegado, para matar o tempo e a saudade deste lugar onde nasci um dia. Quem a inventou, que a desinvente.

Belo e inútil discurso. Quantas palavras em vão.

Eles não podem admitir o meu ócio, aquilo que a lei nos permite uma vez por ano, a velha compensação. Precisam de mim. Eu conheço o caminho da cerca e a guerra está lá. Daqui a pouco acabarão por me convencer de que a cerca sou eu, de que a guerra sou eu, de que eu sou o inimigo que estão procurando.

Não vou negar: a cerca existe. Fica na fronteira, delimitando os nossos domínios, umas magras léguas de terra nestas solidões sem fim, o cerrado batido sem o consolo das águas, onde o pio da cigarra dói mais do que o espinho do serra-goela. Um mundo que não vale nada para estes homens. E no entanto eles querem tocar fogo em tudo, sem que ninguém saiba por quê.

Estes homens têm um chefe, a quem devem obediência. Importa se gostam disso ou não? É o que tento adivinhar. Eles se calam no consentimento, a voz do comandante é a de todos. Impossível saber o que pensam, o que sentem. São comandados. O chefe é quem está com a palavra, ponto final. Não vou descrevê-lo: ainda não o conheço o bastante. Adianto, porém, não parecer o tipo que, ao sair de casa para uma viagem tão longa e tão árdua (da qual nem sequer sabe se vai voltar), tenha dado um beijo comovido na mulher e nos filhos. Se o sentisse capaz disso, lhe diria com um sorriso amigo, de alma lavada, que esquecesse essa guerra e viesse dar uma volta comigo, para ver como esse lugar dorme em paz, só despertando de vez em quando de sua velha preguiça para fazer o sinal da cruz e rezar o "Pai Nosso".

Alheio ao que penso, o chefe me apresenta a improvável guerra como um mapa real. Ele está seguro que fomos nós (o povo daqui) que a provocamos, nós atiçamos a lenha contra o povo de lá — um vago lá além da cerca. Fantástico. Na minha cara, na luz do dia, no meio da rua, com tanta certeza? Pelo amor de Deus, que guerra é essa?

O chefe:

— Você já trabalhou no poço de petróleo, não é verdade?

Eu:

— Sim, senhor. É verdade. Mas já faz muito tempo.

O chefe:

— Pouco importa quando você trabalhou lá. O poço continua no mesmo lugar.

Eu:

— Isso também é verdade.

O chefe:

— Como se diz, muitos são os chamados, poucos os escolhidos.

Eu:

— Não estou entendendo. O senhor me desculpe.

O chefe:

— O poço de petróleo fica depois da cerca. Poucos sabem disso. Você sabe. Por isso foi o escolhido para ser o nosso guia, neste sertão desgraçado, com léguas e léguas sem uma vivalma para dar uma informação.

Eu:

— Como já disse ao senhor, não trabalho mais no poço de petróleo. Agora trabalho num banco da capital. Estudo à noite. Quer ver os meus documentos?

O chefe:

— Isso não vem ao caso. O que importa é que você conhece o caminho. Está em condições de nos ajudar. Qual é a sua categoria?

Eu:

— Terceira categoria. Não servi nem no Tiro de Guerra. Fui dispensado do serviço militar, por ter os pés chatos.

O chefe:

— Pois agora você está convocado, aqui e agora, tenha você os pés chatos, redondos, compridos ou quadrados. Soldado, sentido! Marche-marche!

Empertiguei-me. E simulei uma marcha, quase a morrer de vergonha daquela patacoada, que certamente estava deixando toda a tropa a abafar um riso.

— Des-can-sar! — bradou o chefe. E sentenciou: — Não há problema algum com os seus pés. Eles andam. E isso é tudo o que me interessa.

Eu:

— Quer dizer que tenho mesmo de ir...

O chefe:

— Isso mesmo. Seguiremos esta noite. Leve comida, que a nossa está pouca. E um cantil com água.

Eu:

— Para quantos dias?

O chefe:

— Creio que poucos dias. Eles não resistirão por muito tempo.

Eu:

— Chefe, posso saber quem são eles?

O chefe (um tanto irritado):

— O povo daqui e o povo de lá. Quantas vezes tenho que lhe dizer isso?

Eu:

— Mas, chefe, o que é mesmo que está acontecendo?

Diante deste homem que se cala no momento que lhe parece o mais exato, aprendo que ainda não vivi muito. Aprendo, por exemplo, que o medo se situa na fronteira do imprevisível, aquilo que faz de nossas vidas simples abstrações nestas paisagens ensolaradas, em terras ignotas, desérticas, sertão brabo. "Este capitão, ou major, ou coronel, ou general, ou lá que patente tenha, só pode ter é ficado doido varrido", penso, já me sentindo um condenado pelos pensamentos. Tanto que quando o chefe chamou um de seus homens para seguir os meus passos até a hora da partida, me vi oferecendo a minha vida a um pelotão de fuzilamento.

Tudo se passa em campo aberto, à sombra de uma árvore. No entanto, estranho a ausência de testemunhas. Como se todo o povo deste lugar tivesse desertado. Os meus parentes não vão partilhar do meu destino: estes homens não vieram aqui para ouvir pedidos de clemência, lenga-lenga, choro, reclamações.

O que me acompanha, simplesmente me acompanha. Observa minhas providências. Somos mudos um para o outro. Basta a sua presença para que eu minta para a minha avó. Para ela não falei de guerra. Falei numa caçada. Iríamos partir esta noite, "eu e este amigo aqui". Ela me olhou de um jeito estranho e disse que eu estava muito esquisito, muito desinquieto. Digo inquieto e ela responde desinquieto, "você e seu amigo". O melhor lugar desta casa sempre foi a mesa da cozinha, onde nos encontramos, mas neste momento está muito longe de significar alguma coisa. Minha avó nos oferece café com leite e cuscuz de milho e pergunta ao "meu amigo" se ele gosta de cuscuz de milho. Ele diz que sim com um balançar de cabeça. Ela diz então que vai fazer outro para a nossa viagem. Peço-lhe que faça dois, ainda temos bastante tempo. Uma coisa minha avó não entende e confessa em tom de recriminação: como alguém que dispõe de comida precisa sair pelo mato matando passarinho. Tento tranquilizá-la: seria mais um divertimento do que uma caçada a sério. Talvez por isso ela tenha preparado com tanta alegria os dois frangos e a farofa que eu lhe pedi, embora quisesse antes saber para que tanta comida, se a minha intenção era voltar logo.

Metade desta comida é para um homem que conheci no mato, durante o tempo em que trabalhei no poço. Minha avó me pergunta quem é esse homem e eu respondo que é alguém que ela não conhece.

— Apenas um sujeito que vive no mato há muitos anos. A senhora não deve se lembrar dele.

— E por que você está preocupado com ele?

— Porque é um bom sujeito.

Mas não era isto o que verdadeiramente a incomodava. Era outra coisa.

— Vocês vêm e vão, passam por aqui como um relâmpago. Às vezes eu penso que nenhum de vocês tem a menor consideração por esta pobre velha.

Quantos netos, vovó? Todos na guerra, em qualquer guerra real ou inventada, como esta para onde estou indo. É um mundo doido, não é, vovó? Talvez ela jamais o compreenda — então é melhor não lhe dizer nada. Apenas retribuo-lhe o trabalho com uma nota graúda, que ponho dobrada em sua mão e ela me diz "Deus que te ajude, meu filho, Deus que te dê muitas dessas", enquanto com a outra mão me entrega o saco quentinho, cheio de comida. E penso: talvez eu nunca mais precise que Deus me abençoe com um salário mensal porque, para precisar disso, é preciso que ele me abençoe duas vezes e me faça voltar são e salvo desta viagem.

E assim me fui. Pensando que vovó podia ser o último ente querido a me ver com vida. Por isso guardava bem as suas palavras, como se antes eu nunca tivesse prestado atenção em conversa alguma. Havia algo de novo em tudo isso: eu gostava muito dela e ainda não sabia. Quando a notícia chegasse, contando a verdade, seu testemunho seria irrefutável.

— Ele sabia que estava indo para a morte, mas ainda assim se lembrou de fazer um bem. Levou comida, um par de calças e uma camisa para um homem que mal conhecia e que precisava disso.

A bênção, vovó?

E aqui nos vamos: neste silêncio que espanta mais do que a própria morte.

O chefe:

— Não fumem e não falem para não chamar a atenção do inimigo.

Aqui, nesta caatinga, nestes ermos?

Ele só se esqueceu de dizer que não era para rir. Falava a sério. E eu me esqueci que nem tudo precisa ser dito com todas as palavras.

O chefe:

— Quem foi o engraçadinho?

E eu:

— Eu.

O chefe:

— Onde está a graça?

— Me lembrei de uma piada. Desculpe.

O chefe:

— Qual é a piada?

Eu:

— Não posso contar.

O chefe:

— Por quê?

Eu:

— Para não chamar a atenção do inimigo.

Mesmo com este escuro, posso adivinhar o riso que se abre e se fecha no rosto de cada homem. Eles o sufocam, abafando as suas bocas com as suas próprias mãos. Com a ajuda de uma minúscula lanterna, o chefe anota qualquer coisa num caderninho que tira do bolso. Pressinto que é um ponto negativo sobre a minha conduta.

Dois a dois, como bois de canga, os homens marcham, trôpegos e desanimados, numa estrada batida por cascos de cavalos e carros de bois, à luz das estrelas e dos pirilampos, sons de grilos e pássaros noturnos, cheiro de mato, sujeitos às espetadas de galhos, topadas em pedras, tropeços em paus e buracos, medo de cobra. Com toda certeza vamos chegar lá cansados e inúteis. Derrotados.

Estes homens parecem saber disso há muito tempo: matar ou morrer é uma questão de rotina. Já não há surpresa nesta caminhada.

Mas ainda me resta muita curiosidade, eis a minha espécie de maldição. Por isso tento cochichar alguma coisa para o homem que me acompanha, "meu amigo" mudo. Perguntas banais. Coisas da vida.

— Você tem mulher?

— Gosta dela?

— Você tem filhos?

— Eles se dão bem com você? Você se dá bem com eles?

— Você tem amigos?

— Seus pais ainda estão vivos?

— Gosta deles?

— O que fazem?

— O que você fazia antes?

— Você pensa em sair disso um dia?
— Tem planos para o futuro?
— Gosta do que está fazendo agora?
— É bem pago por isso?
— Você é feliz?

Nunca mais poderia esquecer o que ouvi do homem que parecia mudo e não era mudo. Digamos que neste instante ele teve um momento de extrema boa vontade para comigo, e talvez até desconhecendo a extensão do favor que estava me fazendo, revelou o timbre da sua voz. Falou baixinho, é certo, mas falou:

— Vou lhe dar um conselho. Você é muito novo ainda. Se quiser viver muito, não faça perguntas.

E assim continuamos indo: calados.

Quantas léguas já teríamos palmilhado? Difícil saber. Se encontrarmos alguém nesta estrada e perguntarmos quantas ainda faltam, a resposta será: — É logo ali.

Se você passar por mim, mesmo que eu não lhe veja, faça-me um obséquio: avise a todos os meus que não chorem se eu não voltar. O choro não me devolverá são e salvo.

Nesta estrada não sou vaqueiro. Sou gado. Aqui rumino. Com a paciência dos bois.

À minha frente um homem pensa em voz alta. Reclama:

— Perdi. Perdi.

E o outro, o que vai a seu lado, ombro a ombro:

— O que foi que você perdeu?

— Perdi o jogo de hoje. Meu time ia jogar.

— Pior fui eu, que perdi uma namorada. Uma semana inteira neste fim de mundo. Sem mulher, sem nada.

— Você só pensa nisso.

— Acontece que não sou capado.

O homem à minha frente, o primeiro a se queixar, vira-se para trás e me entrega o seu companheiro:

— Cuidado com este, que está a perigo. Ele olha para uma árvore e vê as coxas de uma mulher. Vê uma pedra e enxerga um seio.

Estávamos quase colados um no outro, cara a cara. Foi por isso que o seu corpo encardido e pesado desabou sobre mim. Com a cabeça virada para trás, ele não viu quando o outro tirou a lâmina do bolso e fez um risco profundo em sua barriga. Lá na frente, o chefe desperta. O silvo do seu apito rasga a noite em duas. Depressa, me desprego do fardo do homem praticamente rasgado em dois e o empurro para o chão. O apito do chefe era a ordem para que parássemos. Ele vem aos berros:

— Que esculhambação é essa? Que esculhambação é essa? — Aponta a sua lanterninha acesa na cara de cada homem, até parar junto de nós, quer dizer, no pequeno círculo que formamos em torno do corpo do homem caído, de onde jorrava uma cachoeira de sangue.

— Está aqui, chefe, a prova do crime — disse o assassino. — Ele se matou com esta arma.

— Como foi isso? — disse o chefe, já com o seu caderninho na mão.

— Ele cochichou para mim: Não me conformo. Perder o jogo do meu time esta noite, não me conformo. Aí tirou a navalha do bolso e se cortou.

— Por que você não tomou a navalha da mão dele?

— Não deu tempo, chefe. E, mesmo que desse, ele teria me matado. Estava fora de si.

Nos entreolhamos, eu e o homem a meu lado, o que está tomando conta de mim. Ele balança a cabeça, em sinal de aprovação. Não digo nada.

— Era um torcedor doente — disse o chefe. — Já que queria morrer, que fique aí. Não podemos perder mais tempo.

E assim nos vamos: pulando por cima de um morto, sem poder olhar para trás. Ainda temos muitas léguas pela frente.

Mas será que eu vi o que vi? Falando sério, não creio muito no que vejo, como se uma névoa espessa me turvasse as vistas. Inebriado, aos poucos vou perdendo a confiança que sempre tive nos meus próprios olhos e isto talvez se deva à poeira que nós todos vamos levantando a cada passo. Sinto-me confuso, muito mal mesmo: meus pés já estão inchados e doloridos e minha barriga começa a doer, enquanto a minha cabeça roda e eu me esforço para deter o vômito que já vem perto da boca — não, pelo amor de Deus agora não, ainda, não, aguente mais um pouco, aguente até o sol raiar, a brisa da manhã certamente te trará um grande alívio, não podes fraquejar, não tens esse direito, pelo menos agora, pelo menos por enquanto, Deus me ajude, Deus que me ajude, Deus, Deus, Deus, em nome do Padre, do Filho e do Espírito Santo.

E o cheiro do vômito vem das minhas próprias tripas; primeiro foi uma tosse, depois um bocejo, depois uma cusparada e o gosto do vômito na saliva e esse cheiro e esse gosto vêm também de um homem mais à frente, que logo a seguir tropeçou e caiu e era como se tivesse escarrado um jato podre dentro da minha boca, a podridão se espalha por onde vamos passando, e vamos passando por cima de mais um e agora eu tenho uma pergunta, uma simples pergunta: quantos seremos ao chegarmos lá? e outra — e se eu cair? e mais outra — passarão por cima de mim, do mesmo jeito que estamos passando por cima dos outros?

 A resposta está em mim e está em ti, meu irmão, que caminhas ao meu lado e não me olhas nem me dizes nada porque tens medo de ver a tua própria suspeita refletida nos meus olhos, a minha e a tua suspeita de que nos fizemos inimigos. Sabemos que temos que chegar a algum lugar, mas não sabemos se o queremos, porque desconhecemos o verdadeiro sentido da nossa marcha. Marcha noturna, seis léguas. A pé. Talvez nem sejamos merecedores de uma cova funda, lá no fim, no ponto final — uma cova em que coubesse tudo aquilo que ambicionamos e que deixamos de ambicionar. Seguimos no escuro, como cavalos dopados, mas seguimos, porque nos disseram que tínhamos que ganhar esta corrida e nos fizeram crer nisso. Avante, irmão. Marche, marche.

Mas tenho que me dominar e o consigo, eis o meu milagre pessoal, meu milagre possível, pelo menos neste momento. Em questão de minutos chapinhei no lodaçal de meus próprios abismos, bati na porta de uma fronteira, varei muitas noites e nenhuma delas tinha encanto algum. Agora que voltei, posso lhes contar que já não sou o mesmo. Estou possuído por uma estranha espécie de exaltação — agora eu quero o êxtase e o êxtase que procuro está na guerra. Eu quero a guerra — eu que até aqui neguei a sua existência e que só aceitei esta missão porque a ela fui condenado. Não, já não me conformo com o meu modesto lugar de guia. Marchar simplesmente, sem me envolver com o jogo da marcha, nem com as ambições destes homens e as minhas próprias? Deixar de lado toda essa comichão que se apossa de mim como uma nova corrente sanguínea, toda essa febre, esse desejo? Direi isto ao homem que anda a meu lado, o carrasco que me vigia? Deliro? Com toda certeza. Não há outro remédio. Existirá algo mais monótono do que uma marcha noturna, a pé? Marchemos, porém. O dia já vem raiando.

À exceção de mais alguns homens que fraquejaram — e dos quais ninguém se lembra mais —, tudo transcorreu sem incidentes. Avistamos a cerca aí pelas cinco da manhã, de acordo com o sol, que já se levantava. O terreno é plano, descampado, como as nossas próprias cabeças. Os homens parecem bastante animados com a chegada, como se isso, por si só, já fosse a vitória. O chefe os distribui estrategicamente, por zonas de ataque e defesa. Podemos nos movimentar à vontade porque, pelos cálculos do chefe, a guerra ainda está dormindo e tivemos muita sorte em chegar agora, sem aviso. Assim que ela acordar, será apanhada de surpresa. Perguntei-lhe se a minha função terminava ali, já que a mim cabia apenas ensinar-lhes o caminho. Ele disse que não e me deu uma arma.

Não sei atirar, nunca peguei numa arma — mas a sensação de estar agora com uma nas mãos jamais poderá ser descrita. Sinto-me outro: talvez um rei, talvez um bandido. De qualquer forma, outro. E esse outro é diferente do que já fui, mais poderoso e mais perigoso, mais homem e mais animal.

E assim, passamos o dia: deitados no chão, com as nossas miras apontadas para a cerca.

— Se eu dormir, você me acorda quando a coisa começar — pediu um homem a meu lado.

Respondi:

— Se eu dormir, você me acorda quando a coisa começar?

— Combinado — ele disse e fechou os olhos.

Cochilávamos e acordávamos, acordávamos e cochilávamos. Parecia que a verdadeira guerra a ser travada era contra o sono de cada um, como de fato o foi, nesse primeiro dia. A outra guerra, a que procurávamos, não apareceu. À noite nos revezamos em dois turnos e no dia seguinte e no outro. Cansado de esperar, o homem a meu lado voltou a falar:

— Acho que devíamos começar a atirar contra o sol. Está de doer.

— E de noite a gente atira contra a lua.

— Contra a lua, não. Ela é até boazinha.

— Você só se esqueceu que a lua está custando a aparecer.

— Mas vai aparecer. Não estamos aqui para esperar?

No terceiro dia o chefe disse:

— Amanhã vamos para o outro lado.

No dia seguinte fomos para o outro lado.

E do outro lado também não havia guerra.

E como a guerra não aparecia, perguntei ao chefe se eu podia dar uma busca em volta. Ele disse que sim, desde que eu fosse acompanhado.

Então me levantei e o meu carrasco me acompanhou. Numa mão eu segurava a arma e na outra um par de calças e uma camisa — eu ia mesmo procurar o meu amigo que andava escondido pelo mato. Não levava o frango que minha avó fez para ele porque eu já havia devorado tudo quanto foi coisa de comer.

— Só me pergunto que diabo viemos fazer aqui — disse o carrasco.

— Isso é que eu queria saber.

— Esse chefe é maluco — continuou o carrasco.

— Parece que está todo mundo maluco.

— Você sabia a verdade. Por que não disse?

— Eu disse. Mas ele falava dessa guerra com tanta certeza que acabei acreditando. E se ela for em outro lugar?

— Com certeza vamos ter que ir para outro lugar.

Não foi difícil encontrá-lo. Ele continuava debaixo da mesma árvore em que o deixei, alguns anos antes. Vestia-se com os mesmos farrapos e seus cabelos, como tranças de cordas, estavam quase se arrastando pelo chão. A barba vinha até metade da barriga. Parecia um pouco mais velho, mas só um pouco. Quando o avistou, o homem que me acompanhava levantou a arma em sua direção. Empurrei-lhe o cano para um lado e disse-lhe que não havia necessidade disso. Tratava-se de um amigo, gente de paz.

Entreguei-lhe a roupa e falei da comida. Pedi-lhe desculpas: com todo esse tempo no mato, não houve comida que chegasse. Ele disse que não me preocupasse. Não lhe faltava o que comer. O homem a meu lado começou a interrogá-lo:

— Por que você vive assim, que nem bicho?

— Porque quero, ora.

— Há quantos anos você vive assim?

— Desde a última vez que cortei os cabelos. Não sei quanto tempo faz isso, nem me interessa saber. Para quê?

— Esse cabelo não lhe incomoda?

— Isso foi uma coisa que descobri. Nenhum homem precisa cortar o cabelo.

— E de roupa no corpo?

— Também não.

— E comida?

— Isso foi outra coisa que descobri. Ninguém precisa se matar de trabalhar, e às vezes até roubar, para ter o que comer. Sempre tive comida aqui neste mato. E de graça.

— E mulher?

— Foi outra coisa que descobri. Nenhum homem precisa de mulher. Tem muita fêmea de quatro pernas à solta.

— Você é feliz assim?

— Cada um vive como pode. O meu jeito é esse. Não tenho de que reclamar. Aqui ninguém me aporrinha. Quer dizer, não me aporrinhava.

Então o homem, sem ter mais o que interrogar, disse:

— Você vai ter que vir conosco, para falar com o chefe.

— Eu não tenho chefe — disse o outro.

— Mas nós temos. E ele quer ver você.

— Tenho que ir por bem ou por mal?

— Por bem ou por mal.

— Já sei. Vocês querem me prender.

— Não. Ninguém vai lhe prender. Estamos aqui por causa da guerra.

— Que guerra?

— Você vai saber daqui a pouco.

Meu amigo me olha. Não posso fazer nada. Digo-lhe:

— É melhor você ir.

E ele não precisa me dizer, para que eu entenda o que está escrito na sua cara.

— Foi você, não foi? Você contou pra eles que eu estava aqui, não foi?

Preciso lhe dizer: foi um engano. Minha intenção era outra. Deu tudo errado. Um desastre. Será que ele ainda acreditaria em mim?

O chefe também o interroga:

— Cadê a guerra?

— Não vi guerra nenhuma.

— É melhor você confessar logo — diz o carrasco.

Ele, o selvagem, me olha, como se me interrogasse: "Por que você me meteu nisso? Que canalhice é essa?"

O chefe:

— Então você não viu a guerra...

Ele:

— Não vi, não senhor.

O chefe:

— E você sempre morou aqui?

Ele:

— Sim, senhor.

O chefe:

— Você sabe montar a cavalo?

Ele:

— Não, senhor.

O chefe:

— Como é que um homem do mato não sabe montar a cavalo?

Ele:

— Porque nunca tive um cavalo. E quem tinha nunca me deixou montar no seu cavalo.

O chefe:

— Mas você sabe lavar cavalo?

Ele:

— Isso todo mundo sabe. É só jogar água, esfregar o sabão e jogar água de novo, não é?

O chefe:

— Então você agora vai ter uma profissão. Você vai passar a lavar os cavalos do Exército. Nós vamos te levar. Vamos dar uma boa esfrega em você, tosar esse cabelo e essa barba, vamos te dar uma roupa de gente. Você vai voltar a ser gente. Ninguém pode viver assim, que nem bicho do mato.

Nesse momento ele olhava para o chão. Não sei se estava indignado, se estava pensando, ou se estava fazendo algum plano. Eu tinha que lhe dizer, de alguma maneira, que estava muito constrangido por toda aquela encrenca. Mas em que isso ia adiantar?

O chefe deu a ordem para levantarmos acampamento.

— Nossa missão aqui está terminada — disse. — Agora temos de partir à procura de outra guerra. Avante, camaradas!

Em sua voz não havia a mais leve ponta de decepção, arrependimento ou dúvida. Com certeza apresentaria um relatório ao quartel-general, informando que a marcha não servira apenas como treinamento, ou para levantar o moral da tropa que, com bravura e heroísmo, havia penetrado numa mata indevassável, capturando em seus recônditos um perigoso líder de um movimento insurrecional, jamais suspeitado.

E assim ele garantiria mais uma medalha no peito. Por que não?

Antônio Torres, antes de chegar à literatura, passou pelo jornalismo, primeiro na Bahia, estado em que nasceu (Sátiro Dias, 1940), depois em São Paulo, onde migrou para a publicidade. Viveu três anos em Portugal e, por décadas, no Rio de Janeiro. Hoje, mora em Itaipava, na região serrana fluminense. Sua estreia literária se deu em 1972, com o romance *Um cão uivando para a lua*, que causou grande impacto na crítica e no público. De lá para cá, publicou quase vinte livros, entre os quais se destacam a *Trilogia Brasil* (*Essa terra*, *O cachorro e o lobo* e *Pelo fundo da agulha*) e *Querida cidade*, seu 12º romance, de 2021. Sua premiada obra, que passeia por cenários urbanos, rurais e históricos, tem várias edições no Brasil e traduções em muitos países. Membro da Academia Brasileira de Letras, da Academia de Letras da Bahia, da Academia Petropolitana de Letras e da Academia Contemporânea de Letras (São Paulo), Torres é sócio correspondente da Academia de Ciências de Lisboa.

O conto "Atrás da cerca" foi publicado originalmente em *Malditos escritores!*, antologia organizada pelo escritor João Antônio (*Extra – Realidade Brasileira*, São Paulo, n. 4, ano 1, 1977).

1982-1992

Carla Madeira

CORTE SECO

Talvez eu morra hoje.

Pode acontecer com você também ou com qualquer um, eu sei. Mas, no meu caso, e não se trata de uma competição, estou com mais chances. Neste exato momento, meu pai e minha mãe estão de pé, enrijecidos, ao lado do sofá onde eu me encontro deitada, enrolada na toalha de mesa bordada por minha avó. Uma profanação sem antecedentes. Eles me encaram com olhos de maçarico, que queimam minha bochecha direita enquanto a esquerda está de ressaca, afundada na almofada. Posso sentir os ecos de uma profunda decepção parental quando a voz de minha mãe invade o epicentro de minha caixa craniana na mais demolidora escala Richter:

— Onde está o seu blazer, Elizabete?

— O quê? — gemo entre ruínas.

— Onde está seu blazer? — repete meu pai com voz de baixo profundo, vibrando a gravidade da situação em que estou metida.

Eu me sento no sofá em um pulo, como se todo meu corpo fosse um joelho reagindo ao martelinho dos reflexos. Passo a mão no bustiê de veludo molhado, toco a pele da barriga e encontro a legging colada na pélvis. No mais profundo desamparo, devolvo a pergunta:

— Onde está meu blazer?

Vi meu blazer pela primeira vez quando, em uma espécie de medida punitiva de caráter educativo, fui obrigada a levar minha irmã mais nova ao dentista. Foi amor à primeira vista porque, quando me imaginei dentro daquele caimento perfeito, tive a sensação incomparável de encontrar meu lugar no mundo. Uma intuição que jamais se deve ignorar. Eu estava vivendo no buraco existencial localizado entre a total incapacidade de ser rebelde e a profunda incompetência em ser exemplar. Ninguém me via, pelo menos ninguém interessante. Na escola, me achavam meio certinha, em casa, tinham absoluta certeza de que eu estava perdida.

Levar minha irmãzinha ao dentista era resultado do esforço conjunto de meu pai e minha mãe, que nunca se uniram de maneira tão vigorosa em torno de um propósito: fazer de mim uma pessoa razoável.

— Razoável — dizia minha mãe. — Seja apenas razoável, Elizabete!

Eu chamava aquilo de castigo. Sistema prisional de segurança máxima, horário para tudo, extensões telefônicas espiãs e uma cela onde eu era obrigada a dormir com três irmãs pirralhas, mesmo tendo outros cômodos disponíveis na casa. Convicções sobre fraternidade de que minha mãe não abria mão.

Meus pais não queriam apenas que eu fosse um bom exemplo, contavam que eu seria a garantia do método. Como criar meninas em um mundo pós-hippies, pós-punks, pós-ditadura, plena aids e pré sabe-se lá o quê.

Por segurança, a regra número 1 da cartilha era nunca matar aula.

E eu matei. Matei usando todas as armas disponíveis. Matei e menti. E só a mentira era pior que a matança, segundo o código penal familiar. Três meses de castigo e vigilância redobrada. "Não vai.", "Não pode.", "Não deixo.", "Com quem?"... E, no meio de tanta marcação, veio o convite para ir a uma festa. Não qualquer festa, a festa.

— Não, Elizabete, você não vai.

— Mãe, por favor... eu quero muito ir.

— Não vai.

— Eles me convidaram, mãe. Eles nunca me convidam... Por favor!

— Sem chances.

— Mãe, eu já tenho quase 18 anos!

— Quaase, Elizabete.

— Por favor, me escuta, eu sei que eu errei...

— Sabe? — perguntou minha mãe parando tudo o que estava fazendo e olhando com aguda presença para mim. — Você sabe que errou, filha?

— Sei, mãe. Eu errei muito. Muito — confessei, meticulosamente consternada, ciente dos efeitos que provocaria. — Nunca mais vou mentir pra vocês, mãe. Eu prometo. Me dá uma chance.

Bingo! A chance veio no lavar das mãos:

— Pergunta pro seu pai. Se ele deixar...

Eu conhecia aquele caminho. Perguntar para meu pai depois de dizer a ele que minha mãe tinha deixado eu fazer alguma coisa sempre funcionava, porque ele não queria ser menos gente boa do que ela. Mas dessa vez, para meu desespero, ele encerrou a conversa dizendo que ia pensar.

E pensou. Pensou junto com minha mãe no apagar das luzes. Da cela ao lado, eu podia ouvir meu nome escapulir, de tempos em tempos, dos sussurros noturnos. Logo cedo, eles me fizeram sentar no sofá, como se eu fosse uma visita, e a sentença foi proferida:

— Nós te amamos, Elizabete, e estamos alegres por você ter compreendido que não agiu bem. Você pode ir à festa!

Pulei de alegria no pescoço dos dois e renovei a promessa de me comportar. Eu estava sendo sincera. Não havia fingimento interesseiro em minha máxima culpa, apenas a falta de noção de que uma promessa é futuro demais.

— Ah, já ia me esquecendo — disse minha mãe antes de me deixar sair da sala. — Seu pai vai te dar um dinheirinho para você comprar uma roupa bem bonita. É um voto de confiança, Elizabete, não desperdice.

O que mais eu podia querer? Aquele blazer, é claro. Mas ele custava mais caro do que o dinheirinho ofertado. Por sorte, o efeito filho pródigo aumentou a generosidade paterna, e eu acabei levando o blazer para casa e, depois, para a festa.

Cheguei ao aniversário de Lennon carregando ombreiras invejáveis. Todo o poder do mundo, em versão acolchoada, sobre meus ombros.

— Elizabeteee, minha rainha, arrasando na passarela!!!! — disse o aniversariante, ao me ver chegar, com um entusiasmo nunca antes observado.

Senti os olhares se assanhando na minha direção, os sorrisos se abrindo, e a química da aprovação como um rastro de pólvora incendiando minha corrente sanguínea. O mundo trata melhor quem tem ombros estruturados, é fato. Pude comprovar que dois centímetros de espuma de cada lado do pescoço misturados com dois dedos de vodca laranja podem inflar qualquer autoestima minguada. Eu merecia aquela revanche, pisar no topo do mundo e fincar a bandeira: "Este é o meu lugar!" Que sensação! Não é à toa que entrosar vicia. Você quer mais e mais, e a noite é longa justamente pra isso. Caí na pista soltando a voz no "Exagerado" de Cazuza, e, daí pra frente, nem o céu foi limite. Só me lembro de que, a certa altura, girei o corpo sob as luzes frenéticas do globo prateado e acordei no sofá de minha casa enrolada na toalha bordada de minha avó. Entre uma cena e outra, o corte seco da vodca.

E, agora, cá estou eu, sendo maçaricada por meus pais.

— Elizabete, onde está seu blazer? — é indescritível o som do meu nome na boca indignada de minha mãe. Há nele uma vontade incontrolável de cometer um crime. — Elizabete, responde!

— Peraí, mãe! Tô tentando me lembrar — digo, saindo do sofá em direção ao quarto.

— Aonde você vai? Não entre assim no quarto das meninas...

— É meu quarto também, esqueceu, mãe? Bem que eu queria que não fosse, lembra?

Estou propositalmente dramática, bancando a ofendida com o sumiço do meu blazer, como se não estivesse implicada, até o pescoço, em seu desaparecimento. A estratégia não vai colar, mas no momento não existe plano B. Entro no quarto e começo a procurar minha caderneta de telefone. Não foi fácil encontrá-la, assim como nunca é fácil encontrar as coisas que perco na superlotação da cela. Volto para a sala com Stéphanie, Caroline e Diana sonolentas atrás de mim. Vou direto para o telefone sobre o aparador e começo a discar.

— Mamãe, por que Elizabete está assustadora?

Assustadora é uma palavra que Caroline aprendeu em uma história de bruxas. Miro o espelho à minha frente e constato que os cabelos desvairados e o resto de maquiagem, paleta Cyndi Lauper, espalhados pela cara me colocam numa situação imprópria para menores. Concentro na ligação. Chama, chama e demoram a atender. É claro que nada será fácil pra mim hoje!

— Alô — finalmente!

— É da casa do Lennon?

— Sim, é da casa do Pedro Henrique. — Pedro Henrique era o nome de Lennon antes dele adotar óculos redondos e tomar a decisão radical de não deixar o sonho acabar.

— Posso falar com ele?

— Ele ainda está dormindo.

— Você pode pedir pra ele me ligar quando acordar, por favor? Aqui é Elizabete.

— Ah... Elizabete, a do blazer?

— Acho que sim... Quem tá falando?

— Maria do Carmo, a mãe do Pedro Henrique.

— Oi, dona Maria do Carmo, tudo bem? Acho que esqueci meu blazer, ontem, na festa.

— Eu tenho certeza.

— Posso passar aí pra buscar?

— Infelizmente, não.

— Não?

— Levei seu blazer para a lavanderia, Elizabete. Na segunda-feira, Pedro Henrique entrega para você o ticket na escola, e você pode ir buscá-lo.

Agradeci e desliguei, pessimista. Mandar lavar meu blazer não era um bom sinal.

— O que aconteceu, Elizabete? — perguntou minha mãe, atenta a minha conversa como um cão de guarda.

— Esqueci o blazer na festa, mãe.

— Seei. E por que você não pode ir lá buscar agora?

— Porque a mãe do Lennon mandou lavar.

— Por que exatamente, Elizabete, a mãe do Lennon mandou lavar o SEU blazer?

— Sei lá, mãe! Gente rica adora uma lavanderia.

Minha situação não estava boa. Por sorte, as três princesas exigiram a atenção imediata de minha mãe, e ela acabou me dando uma trégua.

Fico parada ali diante do espelho, enquanto perco, deprimida, a convicção de que vou morrer hoje. Ao contrário, estou certa de que viverei a sacanagem de estar viva na segunda-feira. Lennon vai me entregar o ticket da lavanderia com a velha falta de entusiasmo. Os olhares em minha direção trarão sorrisinhos maliciosos dos que sabem coisas que minha amnésia oculta. Talvez revelem, mascando chicletes e veneno, que dancei em cima da mesa improvisando um striptease, joguei o blazer longe depois de girá-lo no ar, entupi a privada do banheiro e vomitei no carpete de "dona" Maria do Carmo. Talvez eu descubra que roubaram as ombreiras do meu blazer na lavanderia e, junto com elas, as minhas asas. E estará perdida a inocência quanto à grande verdade da vida: "Se for beber vodca, não faça promessas."

Decido tomar um banho. Vejo pelo espelho o reflexo de meu pai já entretido com seu jornal cor-de-rosa, praguejando em voz alta:

— Grandes coisas ganhar uma Copa com gol de mão!

Torço, do fundo do meu coração, para que o aquecedor de água esteja ligado e, antes de sair da sala, noto que a toalha bordada de minha avó está de volta à mesa.

Eu ainda não sei, mas tudo se ajeita.

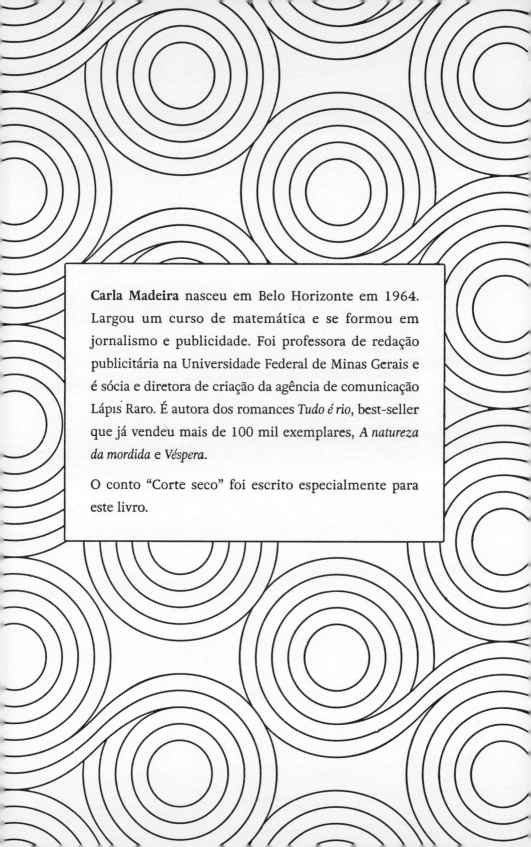

Carla Madeira nasceu em Belo Horizonte em 1964. Largou um curso de matemática e se formou em jornalismo e publicidade. Foi professora de redação publicitária na Universidade Federal de Minas Gerais e é sócia e diretora de criação da agência de comunicação Lápis Raro. É autora dos romances *Tudo é rio*, best-seller que já vendeu mais de 100 mil exemplares, *A natureza da mordida* e *Véspera*.

O conto "Corte seco" foi escrito especialmente para este livro.

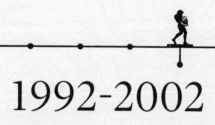

1992-2002

Nei Lopes

MANCHETE DE JORNAL

(Com um abraço no Compadre Celso)

A hipótese de que Alvimar da Silva teria sido enterrado vivo nasceu logo no dia seguinte ao do sepultamento. Mas a família, chocada, desmentiu categoricamente essa possibilidade macabra, inclusive buscando o apoio da melhor Ciência.

A catalepsia — argumentaria mais tarde a legista Nina Rodrigues — é um estado que se observa sobretudo na demência precoce e no sono hipnótico. A pessoa perde todos os movimentos voluntários, mas permanece no uso de sua inteligência e sua percepção. Esse estado ocorre em determinados quadros nervosos como debilidade mental, histeria, intoxicações e alcoolismo. E o falecido, sob esse aspecto, era uma pessoa sadia.

* * *

Os olhos injetados, barba de três dias, cigarro babado no canto da boca maltratada, Pereirinha chega à redação. São onze e quinze. Mas o cheiro ruim de cachaça curtida que impregna a sala não é o da lapada ("passa a régua, ô Joaquim!") que virou no botequim lá embaixo. Vem de anos, de goles e goles, de tudo quanto é tipo de bebidas destiladas, tomadas, como se fossem homeopatia, quase que de meia em meia hora. Mas nem sempre foi assim.

Começou no jornal como contínuo, boy, servente — na carteira, o pomposo "auxiliar de serviços gerais" — ainda bem rapazinho. Descendo com as laudas pra oficina; indo ao banco; servindo café; espanando as mesas; atendendo ao telefone; comprando cigarros; quebrando galhos. Mulatinho esperto e simpático, virou uma espécie de mascote da redação.

— Ô, Miquimba! Toma aqui esse trocado e pega lá no Joaquim um maço de Yolanda 500 e uma caixa com fósforos.

— Miquimba, não, Seu Rangel! Eu tenho nome.

— E qual é teu nome, moleque?

— Jorge Pereira dos Santos.

— Tá bom! Então como lá na oficina já tem um crioulo chamado Pereira, tu vai ser o Pereirinha.

— Assim é melhor, Seu Rangel! Impõe mais respeito.

Uns dois anos depois, lá estava o Pereirinha, depois do expediente, sentado a uma das máquinas da redação, catando milho, com dois dedos, escrevendo um bilhete pra namorada.

— Tu sabe bater à máquina, Pereirinha?
— Saber não sei muito bem, não. Mas a gente se defende, né, Seu Cabral!?
Cabral, o chefe de reportagem, teve uma ideia.
— Escrever uma carta tu sabe, não é?
— E sou bom nisso, Seu Cabral. Tiro sempre nota boa em redação.
— Ué? Tu estuda?
— Tô fazendo Artigo 99.
— Ah, é? E dá pra me trazer uma redação pra eu dar uma olhada?
— Claro, chefe! Amanhã eu trago pro senhor. Tem uma bem bacana.
Depois da morte do velho Bonifácio, havia uns quatro meses, o jornal não tinha mais ninguém cobrindo escolas de samba. E o carnaval estava chegando. Então, Cabral, depois de ler e gostar do texto, embora ingênuo, do Pereirinha, deu-lhe a missão:

— Tu mora em Turiaçu, não é?

— Moro, sim.

— Então, sábado, tu vai fazer o seguinte: pega a tua namorada e leva no ensaio do Independente. Toma aqui os convites.

Pereirinha não entendeu nada.

— Mas como, Seu Cabral? Ela nem gosta de samba...

— Que nada, rapaz. Tu já viu crioula não gostar de samba?

— Mas ela não é crioula, não! É marronzinha...

— Então, tu vai sozinho. Leva papel e lápis e anota tudo o que acontecer lá. Segunda-feira me traz aqui e a gente conversa.

Das apurações das notícias do samba — Acadêmicos, Caprichosos, Catedráticos, Diplomatas, Embaixadores, Império, Independente, Mocidade, União, Unidos — vieram os plantões nas delegacias, hospitais e necrotérios. Afinal, o ambiente era o mesmo. E Pereirinha, um dinheirinho melhor no bolso, metia lá o terno de tergal, a camisa volta ao mundo, a gravata fininha e ia em frente, no maior entusiasmo e no maior orgulho de sua nova condição.

Jornalista, sim senhor, quem diria! Mas em casa todo mundo sempre pressentiu que Jorginho, um dia, ia ser alguém na vida. E agora ele anda sempre de paletó e gravata, as laudas no bolso e a caneta esferográfica sempre alerta. Caneta esperta!

Mas... não! Não é grupo, dezena, centena nem milhar, invertido e cercado, que ele anota, não! Jorginho não é bom de conta. E a letra dele não é desenhada como a do Neném e a do Cambaxirra: é rápida, nervosa, parece de médico. E escreve coisas difíceis como "decúbito dorsal", "amásia", "tresloucado gesto", "instintos bestiais" — mas ao som, é claro, dos melodiosos poemas de Honório, Centelha, Cubano, Zeca da Viola, Vilas, Mano Clécio, Chumbo, Casarão, Pote Rosa... e Alvinho, é claro!

* * *

Naquela madrugada, Pereirinha chegou na quadra dos Diplomatas já quase no fim do samba. Varara dia e noite entre o local da ocorrência e o pronto-socorro, cobrindo aquele desastre horrível.

Uma falha na sinalização e, em Lauro Müller, o trem entrou na outra linha. Quando o maquinista já ia diminuindo a marcha pra entrar na Central, viu o outro na frente mas não deu mais tempo. Eram sete e meia da manhã daquela sexta-feira fatídica, os dois trens, seis vagões cada um, vindos respectivamente de Santa Cruz e de Japeri superlotados, entraram um por dentro do outro. O estrondo se ouviu longe. E do Morro do Pinto e da Providência escutavam-se os gritos lancinantes. Uma coisa pavorosa!

Pereirinha teve que passar o dia lá, mandando os detalhes e os nomes das vítimas, mais de 300 mortos, pelo telefone. Os nervos à flor da pele, de tanta brabeza que viu, o jeito foi virar um, dois, três, muitos conhaques e genebras, beliscar uma sardinha, um ovo cozido, rebater com um cafezinho e fumar um, dois, três maços do seu Universal sem filtro.

Foi assim que chegou à quadra do Diplomatas, caindo pelas tabelas. Tinha ido porque ainda precisava apurar alguma coisa pra coluna domingueira do Abrantes, "Samba em Desfile". Mas o motivo, forte mesmo, era Lurdinha.

* * *

Baixinha, redondinha, a carinha lustrosa na qual luziam aqueles olhos de estrela e aquele sorriso de alva, Lurdinha era linda. E, na quadra, na roda das pastoras, aquela voz de timbre mais afinado e mavioso do que todas as mais ângelas marias, embalava, embriagava, apaixonava, seduzia.

Alvinho sabia muito bem disso. Tanto que a escolhera, entre tantas, para ser a sua musa, a inspiradora de seus sambas geniais, a mãe de seus dois filhos, a doce companheira do seu lar, a única pessoa que não o chamava de Alvinho nem de Alvimar, mas de "Vivinho", seu poeta, seu cantor, seu romeu, seu único e eterno namorado.

Naquela noite, Lurdinha, por qualquer motivo, não tinha ido ao samba. Mas Pereirinha, pretextando uma entrevista, uma matéria com o poeta, acabou marcando uma visita. E na semana seguinte, domingo de manhã, partiu para o morro.

Alvinho o esperava embaixo e subiu com ele. Viram um pouquinho da pelada (Casados x Solteiros); tomaram duas geladas na tendinha à beira do campo; Pereirinha apaziguou, na sua condição de jornalista, um começo de briga no carteado (jogo de ronda) atrás do gol; e depois foram pro barraco, onde Lurdinha, as crianças na casa da avó, terminava o almoço.

Entrevista, almoço, violão, cerveja, entrevista, sobremesa ("delícia esse pudim, comadre!"), violão, cerveja, pasteizinhos, papo à toa, Alvinho vai lá fora buscar mais duas pra saideira. E aí, olho no olho, Pereirinha se insinua:

— A senhora, com essa voz, com essa linha... bonita como é... já devia estar no rádio...

Lurdinha já tinha entendido tudo desde o primeiro cumprimento:

— Que nada, Seu Pereirinha! Eu canto pra distrair, pra ajudar as meninas a aprenderam os sambas do Vivin... do Alvimar. Só isso! Rádio é só pra escutar. Meu negócio é o tanque, o fogão, a casa, as crianças....

Alvinho, uma alegria só, chega com as cervejas:

— Trouxe três, Pereirinha! Pra gente acabar o papo. Quero te mostrar um samba que eu fiz pra patroa.

— Beleza, compadre!

— Taí... "compadre" soou bem. A gente podia ser compadre mesmo de verdade. Nossa menorzinha ainda é pagã. Já pensou a gente com um compadre jornalista, nega?

Lurdinha, lavando a louça, sorriso meio sem graça, diz qualquer coisa, nem que sim nem que não. Alvinho fere o ré menor e abre a voz:

Trabalhei e trabalhei
Para construir um lar honrado
E conquistei
Uma santa em meu altar
Sempre ao meu lado...

Aquela conversa de "compadre" não era boa. E aquele negócio de rádio, de elogio, de dizer que era bonita, na ausência do marido, não parecia coisa direita.

Um poço de virtude
Amparo nas vicissitudes
A ela entrego a minha vida inteira.
Troféu do meu progresso
Aplauso ao meu sucesso
Minha musa inspiradora e companheira...

Acorde final, um floreado, Pereirinha se levanta, despede-se, tenta reter a mão da "comadre", que foge com ela, repugnada mas discreta. Alvinho vai levar o repórter lá embaixo.

Duas semanas depois, na madrugada seguinte a outro plantão carregado, cansado, estropiado, embriagado mas movido por aquele impulso extremamente perigoso, Pereirinha, em vez de ir para casa dormir, resolve ir ao Diplomatas.
Lurdinha não gosta nem um pouquinho do que vê. E insiste com Vivinho para irem logo para casa, sem a penúltima, sem saideira, que amanhã ela tem um tanque assim de roupa pra lavar. E sua vontade, na força dos orixás, felizmente prevalece.

***

Tem gente que sabe beber e faz disso um prazer natural, como comer, ouvir música, beijar, fazer sexo, assistir a um bom filme. Outros, não. Um copinho de cerveja já lhes vira a cabeça e faz querer outro, outro e outro.

Dizem que isso é espiritual. Coisa de corpo astral, que é uma espécie de fluido que liga o corpo físico ao espírito — como ensinou a Lurdinha o médium Luiz Alfredo, do Seara da Verdade. Porque as pessoas, segundo o médium, umas nascem espiritualmente fortes e outras fracas. As fortes não são facilmente dominadas por más energias, enquanto as outras, enfraquecidas moralmente por vícios e caprichos, são constantemente vítimas de espíritos maus. Esses espíritos, já que desprovidos de materialidade mas apegados aos prazeres terrenos, como disse o médium, procuram satisfazer suas necessidades, de bebida, de cigarro, de sexo, através do corpo astral dos fracos. E aí criam neles tudo quanto é tipo de obsessão.

Obsessão, nada mais que isso, é essa paixão desvairada e descabida, porque puramente carnal, que Pereirinha alimenta, a doses cada vez mais frequentes e mortíferas de conhaque, ciúme, genebra, inveja, traçado, despeito, cachaça pura...

— Eu queria era ser jornalista de verdade, Seu Cabral. Lutar por uma causa, por um ideal, feito Patrocínio, Ferreira de Menezes... O senhor não imagina quantas pautas, quantos assuntos, quantas ideias boas eu já sugeri. Mas sabe como é, né? Eu não tenho dinheiro pra frequentar o Pardellas, o Vermelhinho, o Lamas. Não fiz faculdade. Meu pai não foi amigo de nenhum dono de jornal nem de nenhum político. Eu não tive nem pai, Seu Cabral!... Eles sabem que eu tenho ideias e sei botar elas no papel. Mas eu não sou igual a eles. Não moro na Zona Sul, não vou à praia, não vou ao Paissandu, nunca fui a passeata, não gosto de jazz nem bossa nova. Então, meu lugar tem que ser esse mesmo: morro, delegacia, pronto-socorro, necrotério. Pódio de crioulo é só nos 100 metros rasos e no salto triplo, Seu Cabral! E aí no fim do mês é essa mixaria, que não dá pra nada. E ainda por cima, pra engambelar, chamam a gente de "cronista carnavalesco". Esculacho! Então, pra fugir do agiota, a gente acaba caindo na mão dos "homens". Ah! Se não fosse esse por fora que eu recebo pra divulgar as escolas, não sei não, Seu Cabral, não sei não... No seu tempo não tinha isso, não é? Eu sei que tinha pistolão. Mas quem tivesse valor, como eu sei que tenho, ia pra frente de qualquer jeito, não é mesmo?

Esse solo-desabafo Pereirinha faz no Solar de Évora, na Gomes Freire. Ia passando na calçada, o velho Cabral, que almoçava sozinho, como costuma fazer ali toda semana, na sua rotina de aposentado, o viu, mandou chamar e fez questão de dividir com o menino que sonhou seu discípulo o seu indispensável bacalhau à Zé do Pipo e o seu tinto seco Quinta do Algarve. Se bem que Pereirinha preferisse um filé a cavalo com fritas e uma Lusitana estupidamente gelada.

* * *

Alvinho — no disco "Alvimar da Silva" — já tinha uns oito ou nove sambas gravados. E de vez em quando era chamado para participar, com seu violão bonito e sua voz bem timbrada, de shows coletivos em clubes suburbanos e bares do centro da cidade. Mas só isso.

Entretanto, os tempos políticos e econômicos que se viviam no país, com a subserviência covarde aos capitais externos e com a imitação servil dos modismos musicais que eclodiam lá fora, geraram uma reação natural. Aí, os sambistas do morro, mesmo sem entender direito o que acontecia, passaram a ser bandeira de nacionalismo, de contestação. E então Alvimar da Silva, o "Vivinho" da Lurdes, o Alvinho da azul e rosa do subúrbio de Terra Nova, gravou seu primeiro LP, foi premiado, deu entrevistas, apareceu na televisão, ouviu sua voz no rádio e mudou de vida.

A sociedade autoral passou a tratá-lo com distinção e a se orgulhar, mesmo, daquele sócio agora ilustre. O editor mafioso passou a oferecer adiantamentos polpudos em troca de exclusividade. E os compositores do "ponto", os "poetas da calçada", se dividiram:

— O cara agora se deu bem.

— Ele merece. Aliás, já era pra ter emplacado há muito tempo.

— Sucesso é loteria, meu camarada! Quero ver é se vai ter bala na agulha pra aguentar.

— Daqui a pouco tá escrevendo bolero, iê-iê-iê...

— Que isso, malandro? Alvinho é sambista!

— Mas está com o sapato muito alto. Tá começando a andar muito no meio de bacana.

— Bacana sabe o que é bom. E essa garotada universitária, de esquerda, é que prestigia o samba.

— Esquerda festiva...

— Paulo da Cartola também andava com bacana, mermão! Gelô era amigo do maestro Villas-Boas! E foi aí que o samba começou a ser respeitado.

— Que respeitado? Passou a ser é usado. Não vê as escolas?

— Peraí! Escola é uma coisa, compadre; samba é outra. Muito diferente.

No Cachambi, que o anúncio chamava de Méier, o apartamento, sala, dois quartos, dependências de empregada, era pequeno mas jeitoso. Lurdinha foi quem escolheu.

A pastora graciosa tinha ficado na gaveta, no álbum de fotografias. A dona de casa caprichosa e organizada crescera sobre ela e absorvera sua imagem. A ponto de, com muito tato, educação e firmeza, afastar totalmente a presença obsessiva de Pereirinha do convívio do casal. E por onde ia, o repórter, despeitado, destilava seu ciúme em comentários maldosos e corrosivos:

— É... O homem agora é artista. Do jeito que vai, qualquer dia está fazendo especial na televisão, no fim do ano. E a mulher trabalhando em novela. De empregada.

* * *

Tudo isso se passou num espaço de mais ou menos quinze anos. Desde aquele domingo em que o repórter foi ao morro. Lurdinha, sempre bonitinha e arrumada, virou Dona Lurdes, companheira dedicada do compositor, cantor e violonista Alvimar da Silva, seu querido "Vivinho". Nesses quinze anos, os acordes subiram aos céus, em escalas sempre ascendentes, enquanto a rotativa foi rolando escada abaixo: *O Planeta*, *Correio da Tarde*, *Tribuna do Povo*... finalmente, a *Hora Agá*, jornalzinho xexelento, escorrendo sangue, espécie de *house-organ* da marginalidade carioca e da Baixada. Era o mais barato de todos e, na base do escândalo, do sensacionalismo, do voyeurismo, da morbidez, do falso moralismo e até da chantagem, ia se aguentando. Principalmente graças às manchetes boladas pelo Pereirinha, o qual, apesar da decadência física e moral, ainda tinha lampejos de criatividade, ainda que malsã, naquelas frases escandalosas: "CANA DERRUBA MINISTRO" — sobre a queda do ministro da Agricultura em choque com usineiros; "MARECHAL SE VESTE DE MULHER" — sobre a animação do carnaval de rua no bairro de Marechal Hermes; "BISPO SÓ COME GAROTO" — na Páscoa, sobre preferência do cardeal por famosa marca de bombons.

E é exatamente num momento de sufoco, de confusão mental, de absoluta falta de inspiração, naquele branco diante da folha virgem da máquina de escrever que toca o telefone.

— Pereira, aqui é o Ximbica!

— Como é que é, major? Manda aí!

— A notícia não é boa, não...

— Quem foi, desta vez?

— Teu compadre...

— Que compadre, rapaz? Tem uma porrada deles.

— Alvimar.

— Quem? O Alv...

— É... O Alvinho...

— Mas... como?

— Morreu dormindo. A mulher pensou que ele tivesse passado da hora, sacudiu ele e aí viu que ele tinha fechado.

Alvinho tinha ido ao morro levar um dinheiro para a mãe. Quando vinha descendo, começou um tiroteio. Quem viu, diz que ele se protegeu e só saiu quando tudo acabou. Foi aí que, no meio do tumulto, lá estava a sobrinha, 10 anos de idade, caída numa poça de sangue. Bala perdida.

Dizem que o poeta chegou à casa, no Cachambi, já bem tarde, deu a notícia para a mulher, não quis jantar, não quis nada e se deitou. De manhã, oito, nove, dez horas, ela foi ver... Era a sobrinha de que ele mais gostava. E coração de poeta, a gente sabe como é...

* * *

Quaresma, amigo desinteressado e prestativo como sempre, cuidou de tudo. E à noitinha o corpo já estava na capela. Avisado pelo rádio, pelos telefones e pelo boca a boca, o povo começou a chegar.

Seu Abílio foi o primeiro, todo de branco, blusão de linho para fora das calças, os cordões, anéis e pulseiras reluzindo — Buda e Miúdo, cinturas volumosas, atrás. Abraçou Lurdinha, perguntou se precisava de alguma coisa, colocou carro à disposição... Mas, não! Não precisava. A sociedade autoral ia arcar com todas as despesas.

Lurdinha e seu querido "Vivinho" não saíam mais na escola e muito raramente iam à quadra. Mas o respeito e a consideração, de ambas as partes, casal e comunidade, permaneceram inalterados. Então, no rastro resplandecente do bicheiro, vieram as bandeiras com seus mastros, graciosamente arrumadas, em semicírculo, atrás do caixão, junto com as coroas, por Tuninho Mamãe, jeitoso como ele só.

O pranteado artista gozava de popularidade e prestígio. Então, a capela foi ficando pequena para tanta gente que chegava. Eram malandros, jornalistas, artistas do rádio e tevê, povo do santo, jogadores de futebol, além da família, que era bem grande, cumprindo uma dupla e dolorosa jornada funerária — por Alvinho e pela sobrinha.

Lá pras tantas, Jaburu e Azeitona, já bem altos, abrindo uma garrafa de Cardoso Gouveia, tentaram organizar o gurufim. Mas Dona Lurdes não deixou, dizendo que morte não era motivo para brincadeira e que eles tinham que respeitar a dor da família pela perda do chefe e companheiro; que se quisessem bagunça, que fossem fazê-la bem longe dali.

Pesou a barra. Mas os dois não entregaram os pontos. Atravessaram a rua, pegaram cavaco e pandeiro na fubica, entraram no boteco, acomodaram-se, mandaram descer cerveja e armaram o pagode. Só com samba do Alvinho. E a música rolou até o sol raiar.

O enterro foi às 10 horas. Mas lá por volta das 9, um rebuliço, um princípio de pânico.

— O Alvinho se mexeu, compadre, eu vi!

— Você tá bebo, Veludo. Vai pra casa dormir.

— Mexeu, sim, compadre! Eu juro que vi.

* * *

Esse boato de que Alvimar da Silva fora enterrado vivo, embora sem nenhum fundamento, espalhou-se, para horror e desgosto da família, no dia seguinte ao enterro, como um rastilho de pólvora.

A barbaridade nasceu da canalhice e da mente doentia de algum jornalista mal-intencionado — certamente ligado ao morto — numa piada supostamente engraçada mas de extremo mau gosto. E a manchete da *Hora Agá* partiu do apelido mais carinhoso e íntimo de Alvimar, aquele que só sua amada Lurdinha tinha direito de usar. Nela, num extremo requinte de crueldade e dando vazão a seus instintos mais bestiais e à sua vocação de trocadilhista infame, o mau profissional da imprensa consignou: "ENTERRADO VIVINHO DA SILVA".

Ávido por sensacionalismo, o jornal, durante uma semana inteira, ainda tentou forçar a exumação do corpo. Mas o laudo da Dra. Nina Rodrigues, legista respeitada, elucidativo e conclusivo, pôs fim a toda e qualquer especulação a respeito.

Nei Lopes nasceu em 1942, no subúrbio carioca de Irajá. Ex-advogado, destacou-se como compositor de música popular e depois como escritor, notadamente com os romances *Rio Negro, 50* e *O preto que falava iídiche*, e os contos de *Nas águas desta baía há muito tempo*, todos pela Editora Record. Assim, vem acumulando publicações e premiações, como o 58º Prêmio Jabuti nas categorias Melhor Livro de Não Ficção e Livro do Ano, conquistado com o *Dicionário da história social do samba* (Civilização Brasileira), coautoria de Luiz Antonio Simas. Em 2015, recebeu o prêmio Faz Diferença, do *Globo*, na categoria Prosa. É doutor *honoris causa* das universidades UFRGS, por sua "relevância sociocultural", UFRRJ, Uerj e UFRJ. Em 2022, recebeu a medalha Luiz Gama, do Instituto dos Advogados Brasileiros (IAB) pela atuação em prol dos direitos humanos e do Estado democrático de Direito.

O conto "Manchete de jornal" foi originalmente publicado em *20 contos e uns trocados* (Rio de Janeiro: Record, 2006).

2002-2012

Claudia Lage

UM DELÍRIO POR MOIRA

Parecia que estava tudo terminado. Do alto do prédio às avenidas. Para cada peça de roupa que tirava, nada mais a vestia. Sentia-se sublime. Submersa.

Sub.

Já tinha lutado todas as guerras, pisado na terra úmida, atravessado o pó e as pedras. Chegara, então, no limite.

Difícil.

Já amou tanta gente.

Todos na família diziam isso: que ela amava demais.

Era muito dada.

Difícil para ela não ser. Os pés tremiam, gelados. Pés de tantos caminhos, esquecidos no gelo. As mãos também eram abandonadas ao inverno. Mãos que tocavam quase sem textura, frias sobre a superfície.

Áspera lisa macia. Grossa escorregadia dura. Agoniada, quis congelar de vez. Não só as extremidades: tudo. O aluguel vai vencer, a luz vai vencer, o telefone vai.

Quis congelar. O papel branco e números. Logo para ela que amava os livros. Os seus pés não esperavam pedras tão agudas. A carteira estava vazia e o banco lhe mandara uma cartinha. Mais juros de não sei o quê. Cheque especial. O centro do seu corpo ardeu da luz mais intensa. Teve um pensamento que — Ah, como tudo aqui é embrutecido! — foi o que pensou. Um dinheiro que não era seu fora depositado em sua conta. É como areia e vento o diabo que não se vê. Como tudo aqui é —

Pressentiu — uma aridez.

Que difícil.

De tanto calor e frio, ela não pôde mais. Descobriu-se água, descobriu-se vento. Lançou ondas, soprou ventanias. Fez-se mar.

Bebeu do copo uma água sem gosto. Se não arranjasse logo outro emprego, morreria — sim sim morreria. Não tinha cara de pedir nada a ninguém. Era muito dada. No amor. Todo mundo dizia. Mas na fome — o que podia dar? Era forte, mas se ficasse faminta, só ia querer saber de comer. Não podia sozinha com o seu corpo impedir toda a ressaca.

Só não estava mais fraca por causa dos exercícios. Os nervos, os músculos. Quando parava de mão, via os pés lá em cima. O sangue descendo para a mente era bom de sentir. A cabeça perto da terra dava um medo de ver.

Ah, andar, coisa urgente! correr então! Ela sabia: bater o currículo — entregar o currículo — esperar então!

Os dedos, já azuis de inverno, tocavam o umbigo. Desde menina ela gostava de mexer no buraquinho macio. Afundava o indicador nele. Gostava de afundar. O umbigo — de fogo e brasa — envolvia — um por um — os dedos. Ela era arquiteta. Sonhava com estruturas. O seu apartamento era frio. O seu cobertor, velho. Tinha muito o que falar para aquela gente do escritório. Reclamavam que ela não sabia datilografar direito, nem fazer um bom cafezinho. Hum. Mentira. Em casa o seu café era bom. O cheiro forte, a cor escura. A palavra limite na boca, a palavra sua. Na gaveta, o diploma. No escritório, o susto: — Sou arquiteta!, isso era o que tinha para falar para aquela gente. Não falou. Viu que as unhas compridas de tantos anos quebravam pelo caminho, formando um círculo em si mesmas. Ela olhava. Ela ria. Olhava e ria. Juntava os pedaços caídos ao seu redor, formava montes. Viu-se montanha. Começou a chorar.

A pele bebeu as lágrimas. O sal ficou no corpo. Prédios altos sobre as avenidas. Prédios baixos também. A régua e o lápis distantes. Casas próprias para as famílias. Nada mais tinha a dizer. Nascera para desenhar. O risco traçou no papel o seu caminho. Da sua mão deveria vir o abrigo. Mas disseram: recessão, e ela não pôde mais. E, depois, em nenhum outro lugar pôde. Falou em tantas entrevistas, e por tanto tempo. Os olhos ardendo sem ver horizonte. A sensação pequena — não estava pedindo — mas o olhar de todos como se estivesse. O olhar de todos e ela pequena. O sal queimando sob o sol. O sal. Com tanto não ela não pôde. Só pôde isso de bater em botões e servir café. Quis morrer de novo. Mas tinha as prestações e os planos e os seguros para pagar. Tinha também os livros a família um amor e tanta coisa. É que, às vezes, o mundo devasta tudo como fogo. Mas ela não queria morrer de fogo, preferia morrer de mar.

Olhou a pequena chama em seu ventre. Se deixasse, cresceria no umbigo até incêndio. Tentara também empregos públicos. Tentava agora diminuir a chama como um isqueiro. Já tinha lido todos os manuais, passado em todos os concursos. Falaram o seguinte: que, um dia, a chamariam, quando houvesse uma vaga. Ela continua esperando. Ainda acredita que deve haver um lugar neste mundo para a sua urgência. Mas, até lá, se levanta e não sabe quando, para quê, para onde, o que fazer, como.

Difícil.

Depois de secar as lágrimas com os cabelos, cismou de secá-los no fogo. Foi arrancando os fios, enquanto sussurrava um canto. Que coisa. Os cabelos na pequena chama do umbigo. Talvez não consiga pagar o som novo. E a televisão grande. Talvez não. Da janela ela media a distância. 12x com alguns juros. Talvez não houvesse mais nada que pudesse ter. Teria então o silêncio. Poderia ser o silêncio de dormir, ou o outro. Que coisa. Nem sempre era assim. Tão triste. Tinha algum amor que ela encontrava. E as amigas que a chamavam para se divertir — e beber.

Ah! ela ia — passava o batom — e ia! — Gostava de ver gente — de ouvir — de dançar — de viver!

Lá pelas tantas — cantava.

Mas a sua voz parecia vir de fora.

Por dentro, era incêndio.

Queimou parte dos cabelos, queimou os dedos também. De azuis tornaram-se vermelhos. Muito mais bonitos, os dedos vermelhos. Descobriu-se vaidosa. Penteou-se. Sentiu a língua. O cheiro. Pensou no amor que tinha. E estava longe. Queria agora as mãos dele nos seus cabelos. As mãos dele. Em outros lugares também. Arrancou alguns fios. Ai! como estavam vivos!

Uma vez, amou um homem e o seu corpo. Ele lhe tirava suspiros — ela gostava. O que ela falava — ele entendia. Era só olhar — ele a alcançava. Mas então. Ela não entendeu. Arrancou mais fios. Como poderia entender? E arrancou mais. Distâncias acontecem. Ela o amava. Ele também. O que foi acontecer? Uma distância. Difícil.

Arrancou mais fios. E mais. Fez um ninho. Colocou-o ao redor da chama. Puxou água dos seios para apagar o fogo, puxou vento dentre as pernas para espalhar a brasa. O vento espalhou. A água apagou. Deus, dos homens que a amaram. Alguns souberam como. Outros não. Mas esse. Meu Deus. Ela não entendeu. A luz tornou-se cinza. E tão de repente. Estava tudo bem. Como nunca esteve entre os homens. E então. Houve a transferência. Mas por que para tão longe? Não falaram o porquê. Falaram outra coisa: que era urgente. Que precisavam dele — lá. Precisam de mim, ele disse. Com urgência. E olhou para ela apaixonado alegre e triste. Mas eu não vou, decidiu. Não quero ir. Vou falar que fico. Mas quando foi dizer. Não disse. Era muito dinheiro. Não teve como dizer não. Disse sim. Não teve como.

Que coisa. A luz ficou cinza. De restos. Ela tentava conservá-la. Mesmo cinza assim. Esfregava-a no peito. Guardava-a no ventre, para lhe dar forças. Pressionava o corpo para sentir nas mãos o furor e a alegria. Pressionava. O nome dele na boca, as cartas dele pela cama, as roupas dele como travesseiro lençol como pijama para ela fechar os olhos e dormir embrulhada por baixo por cima por —

Que difícil.

Tinham tanto o que falar — um para o outro.

Ouvir o som — não as palavras.

Mas, às vezes, tudo fugia. Como poeira e pó há pouca luz na sombra. Ah, ela abraçava forte os livros porque eles lhe eram caros. Porque eles lhe diziam coisas que ela não ouvia mais ninguém dizer, ela abraçava os livros.

Os seus desejos não contavam com formas tão brutas. Como tudo aqui é. O aluguel vai vencer, a luz vai vencer, o telefone vai. Também já tinha tentado vender cosméticos. Depois, calcinhas. Já estava cansada de tão em pé nas filas. Toda a luz tornara-se pó como coisa moída. Só lhe restara a alma limpa a solidez que herdara da família. Raiz que finca bem e fundo ninguém tira. Embora tenha vezes em que o vento forte parece, de tão forte, uma força impossível. Assusta. Mas até o fim a raiz resiste inteira. E ela bem sabe que dentro da poeira e seiva permanece a vida. Então, tira da língua a palavra fogo. E antes que soltasse faíscas ela diz: água. Junta o líquido à substância. Com os dedos longos amassa. Um dia, terá que arrumar a casa. Quando. Junta mais água. Transforma o pó em massa. Estica os dedos — as unhas quebradas. Mais pó. Mais água. Amassa.

Um dia, mudará as cortinas os tapetes. Para o seu amor, pintará os lábios as paredes. Talvez esteja amando demais. Nas mãos, a massa brilha. No corpo dela — a estrutura. Ah, e só pode mesmo ser demais! Com esse amor lhes espera uma filha. Ela sabe. Mas quando. Bate em seu ventre para adquirir consistência. Bate mais. Só quer aquilo que ama. E bate. Só o que acredita. Para. O resto não. A massa brilha. Com o resto não tem paciência. Quer que brilhe mais. Nunca teve. Que brilhe tanto. Quer também que exploda. Massa luz e tudo. No céu.

Mira bem para jogar alto. Pois. Quando ele voltar. Ela olha para cima. Mede a distância. Quando o desenho for de novo o seu risco o seu passo. Aí, sim. Ela olha o céu. Respira. Olha de novo. Levanta as mãos. Mira. Ah, mas está cansada de estrelas — prefere que a luz exploda em suas próprias mãos.

_____Que coisa! Quis subir as montanhas, atirar-se lá de cima. Correr correr correr! Sumir. Mas os pés não obedeceram — ficaram. Da janela, a cidade as pessoas. As pessoas de longe são gente esquisita. Que tanto andam. Parecem sempre as mesmas andando e indo. Lá embaixo, ela andava assim também. Mas que estranho. De longe não viu sentido. Achou melhor não ir. Pois, era preciso ficar. E receber o vento na cara. Sim, porque a verdade começava a sair do esconderijo.

Já molhara as plantas — já lavara a louça — já fizera as compras — já chorara um pouco —

já fora ao cinema — terminara o romance — arrumara a estante — já estendera a roupa —

De vez em quando, folheava uma revista cheia de poses e truques. E arrancava as folhas com raiva e alegria.

Às vezes, também sentia desfolhar-se.

Em suas mãos, o cheque, o extrato vazio. Na televisão, as palavras estudadas parecem sempre bem ditas. Como ela se afobava com as marcas e os anúncios! As coisas que queria ter, as coisas que não podia. Um dia, cerrou os olhos para a tela grande e bonita. O apresentador do jornal nem teve cara de dizer. Mas as crianças o salário a doença — a crise a violência os índices — a fome o IR a polícia —
Difícil.
Com a mão no controle, ela apontou a TV. Mirava a TV, com a mão apertando o controle. E apertava. Era fácil: liga-desliga, esse canal-aquele. Era só escolher. Mas tinha vezes que queria e o desgraçado não funcionava. Ou ela mirava de muito longe. Ou não encontrava a posição. Também podia ser a bateria que não —
O corte. Dizem. É preciso. Sentiu queimando as palmas. Tinha comprado a televisão em 12x. Não tinha dinheiro agora para uma pilha. Para isso não tem censura. Revoltou-se. Na rua as pessoas acreditam — não acreditam. Foi crescendo indignação até fogueira. Na dúvida as pessoas: nada. Resignou-se. Não podia só com o seu corpo impedir a ressaca. Lá fora todo mundo — idem. Parecia que era preciso cegar para ver. No papel,

os poucos traços que tinha. Nenhum som e palavra. Que caíssem no chão as lágrimas. A geladeira vazia. Ela não soube como conseguiram o seu endereço. Outro dia, chegou pelo correio. Um cartão. De crédito. Não foi ela que pediu. Mandaram. Olhou para ele, lívida. Quebrou-o em dois para não ter dúvidas. É como sal e doce o diabo que não se vê. Sentiu que queimava à beira de uma morte. É como areia e vento — o diabo —

Pressentiu — ali estava — que aridez.

O tempo é essa música que se esgota. Língua travada nos dentes. Nem sempre ela precisava das palavras. Era um grave engano esse que sofria. Pois. Tinha sempre a impressão de precisar. Submergia sem conter os fios. Um esticava. Outro se partia. Outro enrolava. Uma vez, ela achou que — ao ficar quieta — ficava triste. Mas não. Também pensava que para ser ouvida tinha que falar. Não sabia que os Deuses trabalham no silêncio.

Quando soube, calou-se e —

nossa.
Sentada no sofá, ela ouviu.

Deixou no prato a carne que não mais comia. Fechou os olhos para consumir-se. Destruiu os vestígios da noite maldormida. O que não pôde mais jogou no lixo. Talvez tenha que devolver o som e a TV. Talvez tenha que esquecer o amor e a filha. Meu Deus. Pensou o que seria o que seria o que seria. Desfolhou todos os livros para alcançar o sentido _____ mas não encontrou atrás das páginas nenhuma pessoa.

_____ Deixou então que as folhas caíssem.

Acompanhou a queda livre como um pequeno voo. Não lia palavra. Descamava por dentro um mundo. Então, ela viu na folha caída o limite. Já não via mesmo mais o mar.

Tinha fluência em 3 línguas. Todos os que leram o seu currículo sabiam. Mas do que lhe servia isso agora. Bem. Podia dizer eu te amo 3x diferente para ele. E 3x volte. E em todas as vezes seria o mesmo amor. Se não errasse a pronúncia.

Se não errasse —

Nas reuniões de família, ela comia tanto. Como se pudesse se entupir de tudo que um dia a protegera.

Pois. Estava agora descoberta. Se tentasse mais um movimento, poderia até quebrar os ossos. Ficaria mais ágil se ousasse escapar do próprio corpo, se se erguesse apenas com o que realmente fosse seu. Aí, sim. Dançaria linda ao redor da chama. Com o sangue quente, criaria a sua máscara. Com os dedos longos, pintaria a pele. Teria então a vida inteira como sua. Como só se tem a morte ela teria a vida. Seria seu e apenas seu todo o instante.

O banco forte não sabia. Mas ela é que era especial. Ah, as árvores não se iludem com a pouca luz das lâmpadas. Que coisa. Tirou mel da boca e passou na vista. Na ponta dos pés ficava na mesma altura dos saltos. Quando andava descalça sentia-se baixinha. Não queria preocupar a família os amigos que não mereciam preocupação. Um dia tudo passa como a brisa mais leve. Um dia tudo se —

Viu-se menina azul e violeta. Se ficasse doida seria mais um caso na família. Ajoelharia em seu próprio trono, pisaria em seu próprio manto. O céu que cai sobre as avenidas não sabe. Ela sim, ela sabe — tem muito talento um amor e planos. Achou bom olhar para cima, ter onde cair no chão. O que não pode mais é ficar assim — dependendo de fulano sicrano beltrano. Já era uma coisa depender de si. Um dia já a elogiaram tanto. Que os ossos se quebrem. Ela continua a mesma — e sabe: é capaz de suspender a respiração por um minuto inteiro. Ou mais.

Uma vez, deixara o ar levantar a poeira. Deixa agora a poeira invadir os espaços. Um dia, a deixará percorrer a sombra das janelas, abrir o vento das cabeças.

O horizonte não tem meio. Por onde ela pudesse chegar. Tanto faz. Dentro da boca ela sabe — ainda há o que dizer. Talvez nunca diga. Respira. Olhou para os lados, para baixo, para cima. O mar as montanhas a gente. O azul o céu os bichos. A fumaça as lojas as avenidas. Que estranho. Tudo estava ali, e ela dentro. Como da terra a verdura o agrotóxico o inseticida, como da gentileza a alegria a cobrança a medida, como do álcool a limpeza o perfume a bebida, como na boca a língua fala pouco — mais a saliva. Do jeito que a palavra é dita quase nunca é ouvida, do que jeito que distorcem as coisas — desculpe, como do carro a aventura o conforto a batida — e com o tudo mais que não era rima —

— fez-se parte.

Pois. Tinha que continuar.

Para não perder o hábito, dar uma volta até a esquina. Para não esquecer das coisas, ler o jornal todos os dias. Quando encontrar uma pessoa: sorrir — cumprimentar: boa noite boa tarde bom dia. Não olhar muito nos olhos, nem deixar cair logo o sorriso. Oh, poderia também dizer outras palavras. Sai daqui. Chega. Não enche. Não interessa. Que se dane. Que se fo —

Mas. Ela já tinha descoberto o silêncio. E estava quase concreta. Tirou das pernas o último alento. Deixou o fogo e o frio equilibrarem as suas forças. Sentiu as costas se abrindo para o ar. A nuca repleta de nuvens. Pelo espaço atravessam as direções mais impossíveis. Ela pensou na palavra FIM. Logo a sua mente escureceu. Então era isso —

Fora despedida de um bom emprego. Fora despedida também de um emprego qualquer. Recessão, disseram. E ela teve a sensação pequena, como o sal queimando. Os sons ecoam e ela os reconhece. O desenho de infinitas estruturas. Afunda o rosto e os ouvidos na água. Chama os elementos que a fundaram viva. Sim, nunca acaba isso que termina. Ela lambe o que cria, sozinha, sozinha.

Por que está só — e está — em absoluto — como se não houvesse um amanhã em que não estivesse — ela movimenta o mundo. E segue o movimento dentro dele. E conjuga os verbos sem pensar no infinito.

Ah, se chegasse mais uma carta! Se recebesse logo uma resposta! etc. etc. etc.! Mas. Quando. A doce fúria da espera. A sorte. Nunca teve medo. As suas mãos ficam quentes sempre que preciso.

Amanhã é um dia mais lindo porque ela nunca sabe onde —

Ela, que já aceitara os elementos, corre agora com os cabelos em tranças.

Viu-se alto de um rochedo. Reconheceu-se precipício.

Não teve medo. Pensou. Como tudo. Aqui. É.

E precisou chorar. Pois os seus pés não hesitavam mais.

Então —

Era muito dada. Mas na sua família não havia isso — de não ser.

Já amou tanta gente. Inclusive —

Lá pelas tantas — cantava.

Uma vez, chorou um pouco aos quatro ventos. Pois. Ansiava pelo chão. Era mulher marrom e negra. Branca de sonhos. Vermelha também na carne e no sangue.

Que coisa. Lá fora a distância. Por dentro também. Como a língua fala pouco. E então.

Pensou. Agora. Mas o teto à sua frente parecia uma parede a mais e a janela —

De todas as coisas, ela só queria encontrar a palavra certa para isso: a vista. Para isso tudo que sentia — de ver. Mas pressentiu — como aqui tudo é! Tanto. Não quis mais esperar que amanhecesse para começar o dia. Lá pelas tantas, ela já sabia. Claro. Os cabelos vão crescer com o tempo. E com o tempo tudo vai —

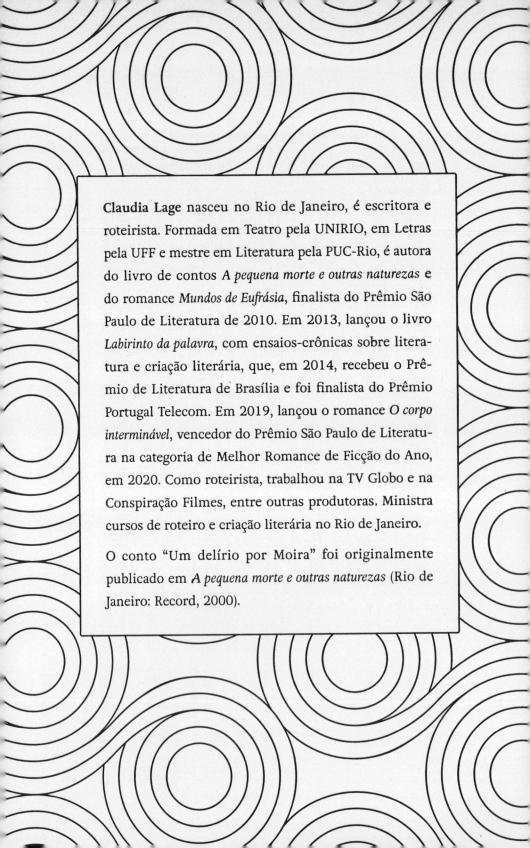

Claudia Lage nasceu no Rio de Janeiro, é escritora e roteirista. Formada em Teatro pela UNIRIO, em Letras pela UFF e mestre em Literatura pela PUC-Rio, é autora do livro de contos *A pequena morte e outras naturezas* e do romance *Mundos de Eufrásia*, finalista do Prêmio São Paulo de Literatura de 2010. Em 2013, lançou o livro *Labirinto da palavra*, com ensaios-crônicas sobre literatura e criação literária, que, em 2014, recebeu o Prêmio de Literatura de Brasília e foi finalista do Prêmio Portugal Telecom. Em 2019, lançou o romance *O corpo interminável*, vencedor do Prêmio São Paulo de Literatura na categoria de Melhor Romance de Ficção do Ano, em 2020. Como roteirista, trabalhou na TV Globo e na Conspiração Filmes, entre outras produtoras. Ministra cursos de roteiro e criação literária no Rio de Janeiro.

O conto "Um delírio por Moira" foi originalmente publicado em *A pequena morte e outras naturezas* (Rio de Janeiro: Record, 2000).

2012-2022

Cristovão Tezza

O HERÓI DA SOMBRA

— Por que você não vende o carro? — a voz sugeriu, Beatriz com a chave na mão na penumbra da garagem, o velho Fiat sem pegar mais uma vez, e eu respondi, Se eu esperar mais um tempo valorizo esse caixotinho branco como antiguidade, e a vizinha que se aproximou achou graça, talvez percebendo o toque invasivo, quem sabe ofensivo da pergunta, e acionou a trava do 4x4 que acabava de estacionar com o gesto rápido de quem dispara um raio laser. Já me aconteceu a mesma coisa, acrescentou, agora num tom suave, quase um pedido de desculpas, a mão delicada no ombro desolado de Beatriz, que fechava a porta empoeirada de sua máquina imprestável com mais força do que o necessário. Parece que a gente se apega ao que não funciona, disse a vizinha, uma frase inocente que bateu forte na sua cabeça como alguma chave da existência que de repente nos ilumina — e sabe que é bem assim mesmo?, reforçou, aproveitando o efeito do que dissera.

Graça, o nome dela, uma figura despachada do quinto andar que, tudo indica, também mora sozinha (pelo menos só vejo ela sozinha, mas sempre muito senhora de si com seus mal trinta anos, uma não tímida, o que sempre me atrai, admiro pessoas decididas assim como você, e Bernadete balançou a cabeça, já fui bem melhor!), e subimos a escada da garagem para o hall e dali para o elevador trocando mais palavras do que nos três ou quatro anos anteriores, desde que ela veio morar no prédio, É tão cômodo aqui, eu trabalho na Price Savings, de carro chego lá num instantinho, e Beatriz confessou, entre o alarme e a vergonha, Eu quase nunca saio de casa, para dizer eu quase nunca saio de carro, e sentiu o rosto ridiculamente vermelho por nada, quer dizer, de carro, ela corrigiu, como alguém aprendendo uma língua estrangeira, e ambas riram, os olhos de Graça dois passarinhos bicando sentidos no rosto da vizinha tímida, Não me diga!

Cinco andares acima, Graça segurou a porta do elevador com o pé — o sapato de salto, de um azul bonito — enquanto esgravatava a bolsa atrás de alguma coisa, Espere!, ela disse, e arrancou dali um cartão de visitas, Achei!, o Marcos é um amor de pessoa, corretíssimo, ligue para ele que ele resolve tudo de carro, ele tem uma revenda que é ótima, diga que fui eu que indiquei, Graça Maria, e ela ofereceu o rosto para os dois beijinhos, o elevador que esperasse, vamos nos ver qualquer hora dessas, a gente mora ao lado e nunca — e, porta fechada, ainda ouviu um Depois me diga como foi!, e Beatriz riu sozinha — é bom conhecer pessoas assim, prestativas e determinadas, eu sou tão... você sabe.

Marianno Automóveis, dizia o cartão em fonte discreta, um logotipo até elegante, um cadilaquinho estilizado, seminovos & usados com garantia, sempre a melhor opção, o endereço e os telefones. Beatriz largou a chave inútil na mesinha e ligou imediatamente, resolver logo essa aporrinhação, e depois de ouvir o Quem deseja? (uma pergunta engraçada, você não acha?), percebeu que Marcos Délio Almeida Junior era importante na firma — ao explicar o que queria, ouviu um Ah, sim, a senhora não prefere falar diretamente com um vendedor?, mas quando eu dei a referência mágica, Graça Maria, ela mudou o tom, Ah, pois não, a dona Graça, um instantinho — entrou uma musiquinha e logo em seguida o dono do pedaço, por assim dizer, Fala, prima! Bom dia! Tudo bem com o novo carro? — e Bernadete achou graça do jeito de Beatriz imitando a voz e o tom do homem. Alguém com quem você se sente imediatamente à vontade, sabe como é? A arte do vendedor.

— Na verdade, estou ligando por indicação da Graça, minha amiga. (Não sei por que eu acrescentei a amizade — talvez por medo de que, sem o reforço, ele não me atendesse. Não é uma coisa maluca a cabeça da gente? Bem, eu só tinha um carro velho para oferecer.) Meu nome é Beatriz, e estou com um Fiat sem bateria na garagem.

— Amiga da Graça é minha amiga! — mas eu senti que ele ressintonizou imediatamente a conversa, farejando a nova direção; imaginei que tenha passado pela cabeça dele me indicar uma oficina elétrica, ou chamar o seguro, se estivesse de mau humor, uma segunda-feira emperrada num ano de crise, a idiota da presidenta Dilma encheu esse país de carro novo em oitocentas prestações e fodeu com o comércio de usados, além do resto, como alguém disse à Beatriz numa roda de bar, cuspindo fogo, mas o Marcos era — bem, vou frisar este era — uma pessoa fina, é claro, jamais uma grosseria.

— E então você sentiu que está na hora de trocar de carro? Beatriz, você está falando com a pessoa certa!

A Graça sabe das coisas. Você mora no centro? Carlos de Carvalho? Ah, então fazemos assim para facilitar: me passe teu endereço certinho que eu chego aí à tarde com um mecânico, pode ser? A gente conversa. Que ano é o Fiat? A placa você também esqueceu? Tem no documento do carro — me passe os dados que eu levanto a ficha dele aqui e já vou adiantando.

Antes de agradecer efusivamente eu até pensei em deixar claro que queria apenas vender o carro, me livrar da tralha, aumentar minha poupancinha e andar de ônibus como um europeu civilizado, mas ele não me deu tempo — quer dizer, eu também, gaguejando, calculei que não seria o momento, ou ele desistiria de me atender; tudo que eu queria agora era tirar o carro da garagem e do meu espaço mental, foi até bom a bateria apagar, como alguém que, mais uma vez, recomeça a vida, o velho sonho, e Bernadete disse, Eu também sou assim, vivo sempre nesse solavanco dos recomeços, e as duas riram.

O senhor Marcos veio ver o carro, disse o interfone, eu já estava quase esquecendo, mergulhada no trabalho — Já desço!, e Beatriz chamou o elevador e voltou em seguida, porque também esquecia a chave do Fiat, não sei onde estou com a cabeça, e depois de pensar em nada seguindo os quatorze números da contagem regressiva, estava no hall do prédio diante de um Marcos instantaneamente simpático e de um mecânico tímido três passos atrás, segurando uma caixa de ferramentas que inclinava seu corpo.

— Tudo bem? — e ele estendeu a mão como se já me conhecesse de fotografia em Facebook.

— Como ele era? Tipo, paixão à primeira vista?

Beatriz pensou em reclamar da amiga — Você só pensa nisso? — mas sabendo que ela, como sempre, responderia rindo Claro que sim! Tem coisa melhor na vida?, seguindo-se a sua clássica risada solta, ficou em silêncio, relembrando o filme. Eu ainda não sei bem se fiz a coisa certa. As coisas que acontecem comigo nunca têm rascunho.

Desceram a escada para a garagem falando trivialidades sorridentes, A prima Graça?! Não, não, é só uma brincadeira que eu fiz com ela — afinal, nós dois temos "Almeida" no sobrenome, então é claro que somos primos! Baixou a voz, como quem revela um segredo: No Brasil tem mais Almeida que Silva! Estou cheio de primos! Em seguida mais sério, esclareceu que a Graça era cliente antiga — Já comprou dois carros comigo — de fato, três, ele precisou, franzindo a testa, e dou assistência sempre que ela precisa. Respondendo à tua pergunta: não era exatamente bonito, traços meio brutos, mas com um detalhe atraente, a pele amorenada do rosto, tipo jambo, em contraste com um tom discreto de verde nos olhos — alguém que chama a atenção desde o primeiro instante. Agradável: a palavra talvez seja esta: um homem agradável, com uma aura simpática que vai além da gentileza profissional, e sempre no limite de uma cortesia boa e próxima. Em poucos minutos você conhece a figura faz anos.

Diante do carro — aquela peça branca, feia, inexpressiva, empoeirada — ele pareceu procurar em torno por algo melhor, como se eu houvesse me enganado de carro, até eu frisar, É esse aqui mesmo, e me passou pela cabeça que a repentina indiferença dele não era bem decepção com o meu patrimônio, mas uma técnica sutil de depreciar a compra, o toque profissional de criar um clima de valor mais baixo que o sonhado, Ah, sim, sim! — e depois de um momento de reflexão, enquanto o mecânico dava a volta na máquina com um olhar agudo, a mão tocando a lataria aqui e ali, como para sentir a reação de um animal desconhecido — e você já tem ideia de qual carro, marca, ano, quilometragem, você vai querer na troca?

— Troca?! Na verdade, eu queria apenas vender. Não preciso mais de carro — Beatriz disse de uma vez, como um desabafo reprimido, antecipando alguma reação escandalizada, que não veio. Era quase uma admiração:

— Mesmo?! Feliz de você! Mas um carrinho na mão sempre ajuda, não?

Pensei em dizer que um ponto de táxi ou o aplicativo do Uber resolviam melhor, mas achei mais diplomático não provocar quem afinal vivia daquilo.

— É verdade. Mas é que eu acabo usando tão pouco que já não faz muito sentido para mim.

O mecânico entrou no carro e girou a chave — ouviu-se um nheco-nheco-nheco-nheco arrastado e sem fôlego. Houve um intervalo de silêncio, os três em suspensão — parecia uma sala de UTI, doutores avaliando a respiração terminal da vítima, há esperança?, e Bernadete achou graça da imagem, é bem assim mesmo quando acaba a bateria! — e então o mecânico testou de novo, nheco-nheco-nheco-nheco, e desistiu. Saiu lento do carro, ainda matutando o diagnóstico, e Beatriz acompanhou atenta a discussão profissional entre o chefe e o encarregado, Não é bem bateria, seu Marcos, mas se a gente insistir, também vai ser bateria, e até aí Beatriz entendeu.

— Ou não está passando faísca no distribuidor ou é a bomba de gasolina que não manda combustível. Esse é o modelo 2005 ou já é o 2006? Já tem quase dez anos.

— A bomba eu acho que não é, seu Marcos. Na virada da chave você ouve a puxadinha. É parte elétrica. Aposto que é distribuição.

Levantando o capô, o mecânico prometeu uma gambiarra, pelo menos para tirar o carro dali e levá-lo até a oficina da loja para um serviço decente, e no momento seguinte — Então você só quer vender? — os dois estão voltando ao hall pela escada, Marcos esclarecendo os passos seguintes, Depois da avaliação, se você concordar, fazemos uma consignação. É só deixar o carro no pátio, botar na Gazeta e na internet e esperar o comprador — e aqui ele parou, a mão tocando de leve o ombro de Beatriz, com um sorriso: — Fique tranquila: neste momento, agora mesmo, alguém na cidade está desesperado procurando exatamente o seu carro para comprar — e ela achou graça daquele, vamos dizer assim, determinismo histórico, e Bernadete deu uma risada, ou fatalismo, Beatriz, o que tem de ser, será. E foi? — e ela riu de novo.

— Ele pediu que eu buscasse o documento do carro e assinasse a consignação já preenchida que ele trouxe com os dados do Fiat que eu havia passado por telefone (já vi que não tem multa nenhuma e é sem reserva, simplifica tudo), só precisava de mais uns dados, CPF, essas coisas, e, é claro, eu convidei ele para subir (porque eu não precisaria descer de novo), e no momento seguinte estamos conversando animadamente à mesa da sala tomando um cafezinho, que ele aceitou com um toque discreto de relutância, olhando disfarçadamente o relógio.

— É a tua teia clássica, Beatriz. Caiu ali... não foi assim com o Donetti? — mas Beatriz bateu três vezes na madeira, *Vade retro*, chega, passou, virou a página.

— Minha entressafra afetiva, digamos assim: mulheres fragilizadas. É bom uma companhia. Fiquei até pensando se sofro de alguma espécie de síndrome de Lady Chatterley, mas nesse caso eu estaria entregue nos braços do mecânico, não do dono da loja. Paixões democráticas, tudo bem, desde que se mantenha vivo o espírito de classe. Bernadete, não ria: não aconteceu em nenhum momento absolutamente nada. Pare de rir, menina!

— Não fique braba, amiga. É o riso da inveja boa. Você é mesmo poderosa! E então?

— E então, nada. Quer dizer, até aí, nada. Ele só ficou, ou pareceu, impressionado com os livros da estante, e mais ainda quando eu disse que era tradutora — hoje, expliquei, mais tradutora que professora, e ele disse que admirava profundamente pessoas inteligentes, algo assim. Pessoas cultas, não me lembro bem da palavra que ele usou. Também não me lembro se disse pessoas ou mulheres, mas eu imediatamente pensei comigo, pelo espelho do que ele dizia, em homens, que eu sinto uma atração especial por quem não se define pelos livros, por pessoas normais, de carne e osso, embora as pessoas que se definam pelos livros povoem inteiramente a minha vida afetiva, pelo menos depois da desgraça do meu primeiro casamento. Fantasiei imediatamente viver com um comerciante simpático, eu traduzindo Beckett, ele vendendo carros, e me pareceu uma ideia boa. Fantasia é um estalo, e você viaja. E foi só ele sair, simpático, solícito, sorridente (Ligo amanhã mesmo para te passar a avaliação. Obrigado!), caí diretamente num surto de pânico: Beatriz, eu me disse, você é maluca, assinou tudo sem ler, passou o documento do carro, entregou a chave a quem você nunca viu na vida, indicado por uma fantasminha do prédio que você também nem sabe quem é — e me imaginei na delegacia dando queixa do sumiço do meu Fiat: o que eu iria dizer à polícia? Imaginei o que iria ouvir: A senhora é idiota? — e Bernadete deu sua risada saborosa.

    Dia seguinte, uma terça-feira, ele ligou, é claro, mas só bem no final da tarde para esticar até o último momento minha ansiedade. Lembro que em cada trecho que eu traduzia a cabeça sustava o trabalho e me levava de novo para a porta da delegacia, como um disco riscado, procurando as palavras certas para denunciar o estelionato. Você é louca, Beatriz. Ao ouvir a voz dele, senti o alívio dos apaixonados, imaginou-se escrevendo, que bobagem, apenas alívio, o mundo na caixinha novamente, pão-pão, queijo-queijo. Aqui é da Marianno Automóveis, a telefonista dissera quando ela atendeu, a dona Beatriz se encontra? Ah, sim. Vou transferir para o seu Marcos. Oi, Marcos, tudo bem? Esse Marianno do nome — ela com o cartão ao lado do telefone, seria mesmo quente isso aqui? — não é você?

— Ah! — o assunto visivelmente lhe deu prazer. Se você quer vender, nunca vá direto ao assunto, ela imaginou. A vida é técnica. — É o nome do meu pai. Ele era sócio de uma antiga revenda de usados, e quando minha mãe morreu, ele comprou a loja inteira, aposentou-se e passou tudo para mim. Botei o nome dele na firma, como uma homenagem.

Puxa, que simpático de sua parte, foi o que ela disse — a morte da mãe, assim de passagem, era outra pincelada do quadro. Ele ficou feliz com a observação, imaginei: um homem bom, essa raridade, e Bernadete frisou, e ponha raridade nisso. Beatriz pensou em prosseguir falando de família, mergulhar na invencível melancolia das famílias — ela gravou na cabeça o verso de algum poeta esquecido — mas a vida real retomou seu curso: o preço de tabela do carro está em torno de vinte e dois mil (Beatriz se surpreendeu, tanto assim?, mas ficou quieta, à escuta), só que, como está, não chega nem perto desse preço. Como a minha política é sempre vender carro com garantia — ela achou engraçada a palavra política ali —, é preciso dar uma boa guaribada em toda a parte elétrica (eu vi no manual do porta-luvas que a última revisão faz tempo, foi aos trinta mil quilômetros, é isso mesmo?), trocar freios, talvez os dois pneus dianteiros que já estão meio carecas, e principalmente retocar a lataria, aquela afundadinha atrás, na lanterna do freio, que desvaloriza muito, com a ferrugem visível. Você não imagina o quanto um detalhe faz diferença. A aparência é muito importante.

Beatriz sentiu aquilo quase como uma indireta pessoal, e passou instintivamente a mão nos cabelos (Decididamente, você é maluca, disse-lhe a amiga), quase a se desculpar, Eu já comprei o carro de segunda mão — na verdade, aquela carroça era a última sobra que lhe coubera do breve casamento destroçado anos atrás, mas ele tranquilizou-a em seguida, não sem antes a brincadeira de quebrar tensão, Amiga da Graça é minha amiga, eis minha sugestão, para você não se incomodar e trabalhar sossegada nos seus livros: eu faço tudo por aqui praticamente a preço de custo, e, vendendo o carro, abatemos o valor. Ele esclarecia: como está hoje, não vale dez, onze mil, e olha lá. Guaribando, para dar garantia, bate quase uns vinte. O valor cheio da tabela, a referência, é meio de fantasia: nessa crise, nunca chega lá.

Seguiu-se um silêncio, que ele talvez interpretasse como uma dúvida cautelosa, o que de fato era apenas um alívio total: trabalhar sossegada nos seus livros, isso é carinhoso, não é?, e Bernadete fez um tsc! tsc! balançando a cabeça, você é incurável.

Proposta fechada, ele esclareceu que, na área dele, a paciência é alma do negócio, e que era ótimo ela não precisar de carro no momento, para não vender a qualquer preço. Ela achou graça: o mercado não está fácil, mas, como eu disse, sempre tem alguém na cidade correndo atrás do carro que você quer vender, pelo dinheiro que você pede. Uma hora o sujeito chega aqui.

— Fique tranquila, que toda semana eu dou notícia.

Verdade: já na sexta-feira ele ligou, com um toque de euforia. Não, não era a venda ainda:

— Você precisa ver o carrinho como ficou. Não vai reconhecer! Está lindo, encerado, brilhante, bonito na vitrine! Começamos com vinte e um mil, para queimar uma gordura. Venha me visitar, tomar um cafezinho, que assim você já conhece a loja. Só me ligue antes, porque eu saio muito.

Beatriz até se animou, quem sabe? — e olhou desolada para o monitor, o serviço atrasado. Ele voltou a ligar três dias depois — Já tem gente interessada, mas está dureza do pessoal botar a mão no bolso... — e deu um jeito de espichar o papo para falar da crise e dizer que ia chover e perguntar como ela estava se virando sem carro, o que desdobrou mais pano para conversa, Eu realmente não sinto falta, é até um alívio, e ele perguntou se ela não poderia alugar a garagem vazia para um vizinho com dois carros, comerciante é desse jeito, pensa em tudo, ele mesmo brincou e enfim se despedirem, mas venha sim, queria que você conhecesse a loja. Na semana seguinte ele ligou de novo, apenas para tranquilizá-la — É assim mesmo, nesse momento carro usado não tem liquidez, vendas paradas, tem de ter paciência. Ó, o teu cafezinho está esperando aqui, e Beatriz quase brincou, vai esfriar, mas achou melhor não, seria estúpido. Comecei a sentir que ali tinha mesmo alguma faísca a mais, além da mera gentileza respeitosa de vendedor, um interesse especial, uma insistência sutil, sempre delicada, e me olhei séria no espelho, o que você está achando disso, Beatriz?

— E o que o espelho respondeu?

— Que estava achando bom — e Bernadete deu sua risada solta.

Três semanas e cinco telefonemas depois — o penúltimo só para preparar o último, É quase certeza de que amanhã vou ter uma boa novidade!, e eu calculei que um vendedor mais frio nunca diria isto, nenhuma prévia do negócio, mas a frieza do comerciante estava sendo minada pelo desejo: eu me tornava uma espécie de fantasia — Como vai a moça dos livros?, ele me perguntou numa das chamadas assim que levantei o fone. A moça dos livros. Claro, a aura passou para mim: um homem solteiro, livre e solto (na verdade, divorciado, o que dá na mesma), uma mulher também livre e solta, ambos certamente carregando fantasmas, mas é para isso que vamos adiante, para nos livrar dos espectros, você não acha?

Bastou o táxi parar no pátio da Marianno Automóveis para o próprio Marcos lhe abrir a porta, o dono ali de plantão esperando ansiosamente sua Cinderela, divertiu-se Beatriz, e quase chegaram a trocar beijinhos sorridentes, dois velhos amigos reencontrando-se depois de anos, Tudo bem?, ele segurando minha mão um segundo a mais, até que enfim você veio ver minha loja!, como se não se tratasse de um negócio, mas de uma visita. Começou pelo carro, que, de fato, ela mal reconheceu, brilhando no pátio, Quase me arrependi de vender! Uma compradora apaixonou-se à primeira vista, ele contou, É exatamente o que eu procurava! Sofia Melo, algo assim, professora da universidade, trabalha ali no prédio da Reitoria, uma senhora simpática, você conhece? Ela vem buscar este brinco hoje à tarde, mas o negócio já está fechado e pago. De mulher para mulher, ele brincou — assim, fica seguro entre vocês!, e nem pensei naquela bobagem inconsequente porque ele passou a me mostrar a loja, o seu pequeno grande reino, o seu dote (Bernadete riu), o pátio cheio de carros vistosos com preços pintados nos para-brisas, a fachada inteira de vidro, o piso brilhante, tudo bem cuidado, o escritório num mezanino, para onde ele foi me levando escada acima, Marcinha, traz um café para a gente! Ao lado, explicava ele, tem o martelinho de ouro com quem fiz um acordo de serviço (mas meu projeto é comprar também a oficina, um dia eu convenço o vizinho a vender), enfim, a crise é grande, mas vou tocando — como diz o meu pai, a vida só é dura para quem é mole, e ela achou graça, porque de alguma forma a frase lhe lembrava o próprio pai, os toques finais de rabugice até o brutal acidente na estrada que levou sua família inteira anos atrás.

— Velho Marianno! — ele disse com mais reverência que humor, o olhar para a grande e sóbria fotografia em preto e branco na parede atrás da mesa, uma espécie de reprodução retrô do próprio Marcos, brincou Beatriz relembrando, de pai para filho, o toque antigo. Mas isso só percebo agora. Um velho sério, soturno, inflado no terno justo, o olhar agudo e vigilante, sustentando o desconforto de ser fotografado como um sacrifício que se faz por uma boa causa.

Marcinha trouxe a bandeja com o café — Obrigado! — e Beatriz, à flor da pele, percebendo a sugestão marota e cúmplice que o sorriso da moça deixava entrever, fantasiou a loja inteira sabendo da paixão do dono e girando em torno deles como cupidos, a preferida do patrão. Parecia um desenho animado, ela brincou, mas paixões são assim mesmo, desenhos animados, e no instante seguinte ele abre a gaveta com o envelope, de onde tira uma papelada para eu assinar e me estende o cheque, explicando os abatimentos dos consertos e da lataria, em torno de mil reais, que eu achei quase um subsídio. É claro, mais a comissão, que eu também calculei pouca para a trabalheira toda de vender um carro velho, e eu me senti no espírito de felicidade que só o dinheiro dá, além de um carro a menos na vida para drenar despesa — aquele chequinho inesperado iria aumentar a minha reserva no fundo DI, os juros maravilhosamente nas alturas, e Bernadete fingiu zanga, nem fale isso menina, o país está quebrado — Vamos tocando, ele havia dito, como se fosse uma resposta antecipada à minha amiga, e eu enfim bebi o cafezinho já morno e mesmo assim saboroso.

    Cheque dobrado e guardado na bolsa, a conversa prosseguiu animada — não sei como, em poucos minutos ele já sabia que eu morava só, que era divorciada, casei logo depois da morte dos meus pais, não foi um bom negócio, e sorri, e ele balançou a cabeça, entendo, eu também não fiz um bom negócio no primeiro casamento, e sorrimos ambos do negócio; bastaria eu me levantar e estender a mão agradecendo e aquilo teria acabado ali, você pede um táxi para mim, mas a conversa foi sutilmente nos imantando num tom de tranquila sinceridade afetiva que já ia muito além da simples cortesia do encontro. Não, nenhum de nós tinha filhos; sim, a localização do meu apartamento é ótima, estou perto de tudo, e ele disse Pois eu acabo de comprar na planta um dois quartos na Quinze, próximo do Guaíra, um prédio novo, e depois ele quis saber de detalhes do meu trabalho, então você não tem salário?, e achei graça da preocupação dele, Eu me viro bem, eu disse com um traço de jactância na voz, e — percebi a ansiedade dele –, quando (trinta minutos depois? uma hora?) a conversa enfim começava lentamente a descer como um balão perdendo ar, ele abriu uma gaveta e tirou aflito de lá dois ingressos, num gesto abrupto que, imaginei, ele deveria estar ensaiando há algum tempo, mas temia pôr tudo a perder, Beatriz, eu ganhei duas entradas para o show do Hugh Laurie e —

— Quem?

— Hugh Laurie, o médico House, do seriado. Você conhece? Acho que hoje é o ator mais famoso do mundo. Ele tem uma banda que está correndo o mundo e vai se apresentar em Curitiba. Você não quer me fazer companhia? É sexta-feira.

— Não me diga que você foi no show?! — surpreendeu-se Bernadete. — Eu acho ele o máximo! Não pude ir, tinha uma reunião idiota no colégio, fiquei puta da vida!

Depois de um segundo de indecisão, mais pela surpresa do convite do que pela dúvida em aceitá-lo, Beatriz disse sim, com um sorriso, que ótimo, claro que conheço o House, só não tinha ligado o personagem com o ator, então ele é músico? Que legal! Vamos sim! Obrigada!

Acertaram os detalhes — eu ligo para você e passo para te pegar, e ainda brincou, agora você está sem carro, ao que ela respondeu, é mesmo, agora preciso de motorista, e ele riu, feliz por preencher o posto.

— E depois do show... bem, podemos até sair para jantar, se você quiser — ele acrescentou, um tom mais baixo e gaguejante, talvez temendo demonstrar mais sede do que o razoável, mas Beatriz apenas fez um hum-hum bem-humorado e levantou-se, Você precisa trabalhar, e eu também, e ele protestou quase com fúria, Nada disso, nem pense em táxi, eu levo você agora!

— Aliás — e, súbito sério, o indicador na testa —, preciso mesmo sair e resolver uns pepinos no centro. Só que — ele abriu a última gaveta — caramba, deixei os documentos lá no escritório do velho. — Conferiu o relógio. — É cedo ainda. A gente dá uma passadinha rápida ali no Jardim das Américas, é praticamente caminho, e em seguida eu te deixo em casa. Pode ser? É vapt-vupt!

Ele estacionou diante de um muro alto e longo, com uma cerca elétrica no topo, inteiro pichado — A VIDA NÃO CABE NAS URNAS, algumas criptografias de spray e, adiante, um FDP enorme de que, num sussurro, ele fez eco, filhos da puta, desculpe, Beatriz, é só pintar o muro que esses... já disse pro meu pai, precisa botar segurança na casa.

— Eu espero aqui — mas ele fez questão que ela o acompanhasse, não, não, não fique aqui sozinha, venha comigo, só dois minutinhos, quero que você conheça o velho, é uma figuraça, e ela desceu pensando Por que não? Eu quase voltei para o carro só pelo cachorro, contou à Bernadete, tenho trauma de cachorro, porque assim que passamos o portão um bicho enorme avançou latindo, Fique tranquila, ele disse, o braço me protegendo, Fidel, quieto, quieto, Fidel!, Beatriz paralisada, Por que não fiquei sozinha esperando? — Isso mudaria tudo e a história seria outra, e Bernadete riu, então foi o cachorro?! — e Fidel se acalmou, agitando-se em torno deles, cheirando sapatos com gemidos carinhosos, Assim, Fidel, quietinho! Viu, Beatriz, ele é manso, e, enquanto caminhavam até a porta cruzando um jardim bem-cuidado com um arvoredo que ocultava a fachada da casa, Fidel volteava-os aos pulos, abanando o rabo, Beatriz insegura protegendo a saia e tentando sorrir, até que subiram a varanda cheia de plantas e cruzaram uma grande porta de madeira que Marcos abriu para ela cedendo-lhe passagem e fechando em seguida com um tranco pesado.

Beatriz sentiu um sopro de frio e de umidade que parecia deixar o ar mais espesso na penumbra daquela sala enorme, de repente iluminada pela silhueta de um velho senhor que surgia do nada como um vulto de caverna, a voz ainda firme, Bom dia, filho! Trouxe o jornal de hoje?, mas ele nem respondeu porque tinha assunto mais importante, Pai, essa é a Beatriz — eu preciso pegar uns documentos que ficaram no escritório. A impressora está funcionando?, e agora foi o velho que não respondeu, os passos vagarosos desviando de um sofá imenso já com a mão estendida e um sorriso que parecia congelar-se no meio de um rosto inteiro marcado por rugas de arame, sabe aquelas marcas fundas e cruzadas, da testa ao queixo, eram mais cicatrizes que rugas, um homem de pedra, uma pessoa desagradável até no toque de mão, o aperto exagerado, e Beatriz encolheu-se numa poltrona quase como um gesto de fuga diante da ordem que ouviu, Sente aí, você quer um café?, acabei de fazer, e Beatriz recusou com um sorriso igualmente tenso enquanto Marcos evaporava, o que eu estou fazendo aqui? — e, desviando os olhos, viu dois fuzis, ou metralhadoras, ou sei lá o que seria aquilo, o signo de alguma sociedade secreta, duas peças cruzadas sobre uma lareira sem uso, e enquanto o olhar, já adaptado à penumbra, percorria a sala em busca de argumento para algum elogio, que não vinha, uma sala enorme cheia de tralhas, móveis atravancados e fotos nas paredes — uma delas, em destaque, a figura do general Médici com a faixa da presidência, o que me deu um pressentimento muito ruim, de modo que se refugiou na defensiva sob o escrutínio do velho de cabelos ralos e brancos a um metro e meio dela, a cabeça inclinada à frente e meio de lado, esse ouvido que é o bom, então você é a Beatriz, e Beatriz surpreendeu-se, mas não teve tempo de perguntar nada, e sem ele dizer eu já sabia que você era loura, meu filho tem fixação por louras como eu tive por morenas, um sorriso a um tempo tolo, malicioso e infantil, quer dizer, só tive uma morena a vida inteira, minha falecida Glória, e ela percebeu (acho que para não pensar nas idiotices que ele dizia) que era dele que vinham os fiapos de verde dos olhos do filho. Mas você é disparada a mais bonita de todas, e quando Beatriz enfim desviou a atenção do rosto do homem, umas duas décadas mais velho do que a fotografia da loja, para a mesinha cheia de jornais espalhados, e se deteve por acaso na manchete de domingo — Cinquenta anos do golpe militar —, o velho subitamente enfureceu-se e agarrou a página, sacudindo-a, esses vagabundos desses terroristas nos acusam de torturadores, e o que fizemos foi pouco! É intervenção militar já, fechar aquele Congresso, prender meio mundo, fuzilar a metade e descer o cacete, porque ninguém aguenta mais! Tem que... tem que... — a mão do homem tremia no ar sacudindo o jornal como a um pedaço de lixo, até que o largou na mesa com desprezo. Tocou o joelho de Beatriz, que recuou. Desculpe o meu jeito, moça. É que eu estive lá, fiz parte da "repressão", como essa canalhada diz. Eu trabalhei muito na vida. Na unha. A mão na massa. O que aconteceu foi uma limpeza, isso sim. Precisamos fazer outra. Aliás, geral. Uma guerra. Agora querem nos "julgar". Veja aqui: "Crimes da ditadura"! Ridículo. Quem são esses assaltantes, esses... para... você está acompanhando a Petrobras? Eu quero que eles me convoquem. Eu servi no DOI-CODI em São Paulo, com muito orgulho. Fui reformado como capitão do Exército. Para que o país brilhasse, eu trabalhava na sombra, dia e noite, até que... O Marquinhos nasceu lá. Eles que venham me buscar aqui que eu recebo à bala.

— Menina, que loucura!... e você não dizia nada?!

— Dizer o quê?! Que aquele velho devia ser esfolado vivo e jogado num formigueiro? — e Bernadete riu, a gente ri para não chorar, que armadilha. — Mudei de ideia e aceitei o café só para ele sair dali e me dar um minuto de silêncio — e o velho pareceu gostar do pedido, como quem acorda e volta ao instante presente, sim, sim, claro, vou buscar, café quentinho da garrafa, me ajude aqui, e Beatriz ainda deu a mão insegura para que a carcaça se erguesse do sofá, mas não se ofereceu para nenhuma outra ajuda, eu quero que esse velho morra, voltando imediatamente a sentar-se e, depois de olhar para a porta da rua, pôs os olhos na mesa, o que eu faço?, mas nem houve tempo para café porque o filho reapareceu esbaforido lá do fundo com um envelope na mão, Tudo resolvido!, eu falei que era rápido, Beatriz, vamos nessa? — e num segundo ela já foi direto à porta sem olhar para trás, mas temeu abri-la ela mesma ao ouvir o latido do cachorro, o que disparou outra ansiedade; em seguida, sentiu a mão dele tocando-lhe as costas, a voz preocupada, Tudo bem, Beatriz?, você parece pálida — enquanto lhe abria a porta, Fidel! quieto!, ainda sob a indecisão de sair sem despedidas, o pai na cozinha lidando com a bandeja de café, o filho sem entender a fuga enigmática, Sai, Fidel! Quieto!, e foi atrás dela. No carro, antes de dar a partida, ele preencheu o vazio soturno que se instaurava num tom de voz inesperadamente afetado, Meu pai foi um verdadeiro herói da sombra, e fez um breve silêncio de respeito, como no ritual de um morto. Beatriz mordia suavemente o lábio, no esforço de não falar. Rodamos um bom tempo sem trocar palavra. Quando ele parou no sinaleiro da rua Quinze, abri a porta:

— Me deixe aqui mesmo, vou dar uma passadinha no banco.

Já na calçada ainda ouviu ele quase gritar, Amanhã te ligo para o show! — e ela fez um canhestro sinal de positivo virando-lhe as costas.

— Mas mesmo sem aquela arrepiante devoção filial, a chave de ouro, não sei se a coisa ia prosperar. — Bernadete, pensativa, concluiu por Beatriz, Acho que não. Conheço você. — Nunca mais vi a figura. Bem, depositei o chequinho e voltei para casa caminhando devagar. Um dia bonito. Preciso caminhar mais. Estou muito sedentária.

Cristovão Tezza nasceu em Lages, Santa Catarina, mas mudou-se criança para Curitiba, onde vive até hoje. Escreveu mais de uma dezena de romances desde *Trapo* (1988), entre eles *A tensão superficial do tempo*, *Juliano Pavollini*, *A suavidade do vento*, *Uma noite em Curitiba*, *Breve espaço*, *O fotógrafo*, *O professor*, *A tradutora* e *A tirania do amor*. Lançou ainda *Beatriz*, uma seleção de contos com a personagem que reaparece em *Um erro emocional*, *A tradutora* e *Beatriz e o poeta*, e duas coletâneas de crônicas – *Um operário em férias* e *A máquina de caminhar*. A publicação de *O filho eterno*, em 2007, teve um impacto inédito no panorama ficcional do país: o livro ganhou os mais importantes prêmios literários brasileiros, foi traduzido em uma dezena de países e virou filme e peça de teatro. Recebeu na França o Prêmio Charles Brisset, de melhor ficção do ano, e, em 2011, foi um dos dez finalistas do prêmio IMPAC-Dublin de obras publicadas em língua inglesa. Em 2012, Tezza publicou *O espírito da prosa*, sua autobiografia literária.

O conto "O herói da sombra" foi publicado originalmente na coletânea *Uns e outros* (Porto Alegre: Dublinense, 2017), em edição especial para os associados do Clube de Leitura TAG.

Apoio:

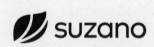

Este livro foi composto na tipografia Adriane Text, em corpo 11/20, e impresso em papel off-white no Sistema Cameron da Divisão Gráfica da Distribuidora Record.